작가는 무엇으로 사는가

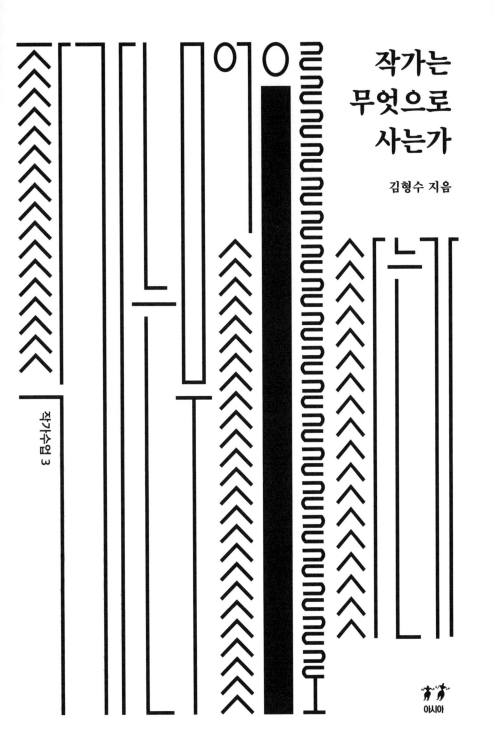

작가는
무엇으로
사는가

김형수 지음

아시아

책을 내면서

『삶은 언제 예술이 되는가』를 내놓은 것이 2014년이었다. 이듬해 『삶은 어떻게 예술이 되는가』를 내고, 이어서 『작가는 무엇으로 사는 가』를 쓰겠다고 해놓고 6년을 허송했다. 덧없다. 그사이에 나는 아내를 잃었고, 각종 강의를 접었으며, 다시 어머니를 여의었다. 내가 놓여있 던 자리로부터 한없이 멀어진 것이다. 이 원고는 경황없이 떠나온 자리 에 두었던 것이니, '도서출판 아시아'가 독촉하지 않았다면 끝이 보이 지 않았을지 모른다. 《아시아》에 연재까지 시키면서 등을 떠밀어준 소 설가 방현석 선생께 감사하지 않을 수 없다.

나는 문학의 길에 접어든 지 36년째지만 이 책으로 이름을 주지시 킨 독자가 적지 않다는 것을 여러 차례 경험했다. 아마 나처럼 문학을 외롭게 시작한 분들, 그러니까 제도 교육의 진로를 따르지 못하거나 좋 은 선생님에게 혼날 기회를 얻지 못했다는 허기를 가진 분들에게 길동 무 역할을 해보자는 것이 애초에 시리즈를 기획한 이유였다. 전 3부작 중 제1부 『삶은 언제 예술이 되는가』가 문학에 대한 가치관을 안내하 고, 제2부 『삶은 어떻게 예술이 되는가』가 창작에 대한 가치관을 소개 한다면, 제3부 『작가는 무엇으로 사는가』는 작가로 사는 일에 대한 가 치관을 정립하자는 내용이다. 문학의 길을 가는 데 이 세 가지의 가치관을 바로 세우는 것만큼 중요한 일은 없다고 생각했다.

그리고 이 책도 앞의 두 권처럼 강의형식을 띤다. 내용은 크게 세 단원인데, 〈1장 문학적인 너무나 문학적인 싸움〉은 일본의 가라타니 고진이 한국의 작가들 앞에서 행했던 강연 원고를 소재로 삼았다. 세상의 작가들이 문학의 이름으로 주고받는 우정과 경쟁들을 비평가의 관점에서 이야기하지만 어떻게 하면 평론을 잘 쓸까가 아니라 좋은 작가가 되려면 어떤 고민을 하면서 살아야 할까를 전하는 데에 역점을 두었다.

〈2장 이성의 제국을 탈주하는 언어들〉은 근대 이후의 시인들이 인류사 안에서 어떤 일을 해왔는지를 살피는 것으로 현대시의 변천 경로를 설명하고자 했다. 후고 프리드리히의 『현대시의 구조』 서장을 텍스트로 삼아서 강독하는 형식을 취하였는데, 그에 대해 미리 공부하지 않은 사람도 어렵지 않도록 체험적 사례를 많이 늘리려 했다.

〈3장 소설가는 무엇으로 사는가〉는 밀란 쿤데라의 『소설의 기술』 중 「세르반테스의 절하된 유산」을 소개하면서 소설가가 무엇으로 사는지를 말하고자 했다. 덧붙여, 디지털 문명의 난삽한 전개 속에서 변모를 겪는 작금의 상황을 추론하고 싶었으나 괜한 장광설로 여길 것 같아 접어버렸다. 혹시라도 궁금하게 여길 분이 있다면 내가 《녹색평론》 171호에 발표한 「시인 신동엽의 농경적 상상력」과 《창작과비평》 189호에 발표한 「미륵의 눈빛이 떨어진 자리」에서 밝힌 일말의 소견들을 참고해달라고 말하고 싶다.

세 권의 기획물을 모두 끝내면서 문학의 어려움, 글쓰기의 어려움,

작가로 살기의 어려움에 답이 될까를 자문하자니 심한 부끄러움이 인다. 나는 이 길이 갈수록 험하다는 생각을 감출 수 없다. 목하 전개 중인 미증유의 문명 앞에서 인간의 사유는 크고 넓어진 것이 아니라 헤아릴 수 없이 미세해지고 복잡해졌다. 과학은 인간에게 생애의 대륙을 광활하게 넓혀버렸으나 문학은 깨알처럼 작은 체험들밖에 감당하지 못한다. 신체의 수명은 길어지고 감성의 크기는 작아진 것이다. 이제 세상은 차라리 기적이라 해야 할 만큼 파격적인 차원의 작가를 기다려야 할 테지만 현실은 그런 위인이 태어날 가능성을 더욱 멀리한 채 달아나고 있다. 그래서 이 책이 거기에 조금이라도 도움이 될 수 있을지 나는 알 수가 없다.

차례

3장 소설가는 무엇으로 사는가

1장

문학적인 너무나 문학적인 싸움

작가는 무엇으로 사는가? 근대 이후의 작가들은 무엇으로 밥값을 했는가? 이 질문에 답하기 위해서 이 강의는 준비되었습니다. 그런데 이 이야기를 저는 시인이나 소설가가 아니라 평론가를 소재로 시작해야 할 것 같아요. 작가들이 무엇을 먹고 사는가 하는 걸 다루는 장르가 '비평'이거든요. 그런데 이게 옳은 말인가요? 사실, 작가가 무엇으로 사는지를 말하는 것은 꽤 복잡한 인식의 층위를 필요로 해요. 까닭에 이 이야기는 '복잡한 문제를 사유하는 방법'부터 시작하지 않을 수 없어요. 1장에서는 그 문제를 다룰까 합니다.

노벨문학상 작가들의 말다툼에 대하여

먼저 일본의 어느 비평가 이야기로 말문을 열어볼까 합니다. 1990
년대 중반 우리나라 평론가들에게 열렬히 각광받았던 분 중에 일본의
가라타니 고진이 있습니다. 예전 한때에 우리나라를 대표하는 학자가
그를 표절했다고 소란했던 적도 있어요. 공교롭게도 그때를 기점으로
그의 이름이 한국 독서계에 퍼지기 시작하여 점점 그를 초청하고 교류
하는 과정이 이어집니다. 그가 쓴 『일본근대문학의 기원』은 지금도 문
학공부에 꼭 필요한 텍스트로 평가되고 있어요. 하여튼, 가라타니 고진
은 세계적인 비평가인데 일본의 정치지형에서는 우파에 속한다고 해
요. 그렇다고 한가하게 좌우 이념 공세에나 몰두할 만큼 경박하지 않습
니다. 그럼에도 굳이 그의 성향을 밝힌 이유는 제가 지금, 이 가라타니
고진을 한국의 민족문학작가회의가 초청했던 이야기를 하고자 하는
데 있어요.[1]

민족문학작가회의는 지금 한국작가회의의 전신입니다. 일제 강
점기 때 출현한 저항문학의 뒤를 이어 민족문학운동을 전개하던 문인
들의 조직이자 자유실천문인협의회의 후신이지요. 국제 지식인 사회
에서도 결코 가볍게 취급되는 단체가 아니에요. 특히 1970년대에서

1. 민족문학작가회의는 1997년 6월26일, '제1회 세계 작가와의 대화'를 개최하면서 가라타니
고진을 초청하여 강연을 들었다.

1980년대까지는 일본의 많은 작가들이 한국의 저항문학에 상당히 놀라고 진심으로 존중하며 꽤 열렬히 응원했어요. 바로 이 같은 단체에서 강연요청을 했으니 가라타니 고진 입장에서는 한편으로는 영광이면서 다른 한편으로는 굉장히 부담스러웠을 거예요. 일본은 이웃나라를 침략해서 부를 형성했고, 자기는 그런 환경적 요인들 속에서 공부했으니까 자의식이 작동되지 않을 수 없어요. 더구나 아직도 일본은 이웃나라들과 과거사 문제로 다투고 있잖아요. 그가 말 한 마디라도 잘못 했다간 언제 어느 글에 언급돼 낭패를 볼지 모릅니다. 뒤끝 작렬, 작가라는 게 이렇게 피곤한 중생들이에요.

작가라는 존재는 왜들 그렇게 살까? 이는 설명하자면 길어지니 차차 풀어가기로 하고, 우선 이 같은 환경에 대처하는 가라타니 고진의 태도를 당시에 저는 아주 인상 깊게 보았습니다. 강연 내용도 무척 좋아서 그가 가져온 강연 초록을 논술 교과서로 삼고 오래오래 되짚어 읽었어요. 제목이 「미(美)와 지배 : 『오리엔탈리즘』 이후」[2]예요. 여기서 열쇠어라 할 오리엔탈리즘이라는 낱말에는 소위 작가의 존재이유, 즉 작가들은 왜 그렇게 사는가 하는 문제의식에 다가갈 비상구가 감춰져 있습니다.

그런데 오리엔탈리즘이라… 꽤 어려운 낱말이에요. 직역하면 동양주의죠. 문학평론뿐 아니라 문화비평 일각에서 수시로 만나게 되는, 미학적으로 아주 중요한 의미를 갖는 낱말인데, 에드워드 사이드의 책

2. 가라타니 고진, 「미(美)와 지배 : 『오리엔탈리즘』 이후」, 민족문학작가회의 자료집, 1997년

제목 『오리엔탈리즘』에서 따온 겁니다. 나는 이걸 오래전 교보문고에서 출간된 판본으로 읽었어요. 한 사람의 의견이 세계만방의 인문학에 영향을 미칠 만큼 중요한 저서인데, 바로 여기에서 도출된 개념을 사용하여 가라타니 고진은 한국의 청중들에게 아주 먼 데를 가리키듯이 사실은 바로 발밑으로 더듬어 들어옵니다. 참 좋은 방법 같아요.

하여튼 가라타니 고진의 「미(美)와 지배 : 『오리엔탈리즘』 이후」는 크게 두 파트로 나뉘어 있습니다. 익명의 대중 앞에 선 자가 집단의 감정을 잘못 건드리면 저마다의 정서적 파장이 해일처럼 일어나게 되죠. 그것이 걷잡을 수 없이 범람해버리면 상식이랄까 이성이랄까 논리랄까 하는 것은 종이배처럼 뒤엎어져서 실체도 확인하기 어려운 지경이 됩니다. 그래서 사람을 다루는 것은 물길을 다루는 것만큼이나 어렵다고 해요. 이때도 가라타니 고진이 발음 하나만 삐끗해도 파장이 일어나서 아시아 사회를 요동치게 만들 소지가 없지 않았습니다. 그것이 과거사를 가진 나라에서 온 지식인의 곤혹스런 입장이에요. 한 마디 한 마디가 조심스러울 수밖에 없는데 그 때문인지 가라타니 고진은 이야기의 방향을 둘로 나누었어요. 첫 챕터는 자기와 직접 관계가 없는, 특히 한국 작가들의 촉각을 건드릴 확률이 전혀 없는 소재로 시작합니다. 먼저 생산적인 대화를 위해 객관 세계에게 우리가 어떤 태도를 가져야 좋을지 사전 조율을 한 다음에, 슬그머니 한국과 일본 이야기로 옮겨가면 자신의 뜻이 오해 없이 전달될 수 있을 거라는 전략인데, 오늘 제가 중시하고자 하는 것은 이 때 가라타니 고진이 예로 든 이야기가 작가란 무엇인지를 엿볼 중요한 창구가 된다는 점이에요.

가라타니 고진은 1995년에 소설가 오에 겐자부로가 프랑스의 핵실험에 항의하며 프랑스에서 개최된 회의에 참석하기를 거부했다는 말로 논의를 시작해요. 우리나라 작가들은 잘 모르고 지나가지만, 국제문단에서 간간이 이런 흥미 있는 사건이 일어나곤 합니다. 1995년에 프랑스 출신 노벨문학상 수상자 끌로드 시몽이 세계 여러 나라의 노벨문학상 작가들을 불러서 문학행사를 연다는 계획을 세워요. 지상의 거장들을 초대해서 국제행사를 하려고 한 겁니다. 이때 일본의 오에 겐자부로가 참석 거부의사를 밝힙니다. 왜냐하면 프랑스가 핵실험을 했다는 거예요. 이거 굉장히 재미있는 상황입니다. 프랑스! 하면 자타가 공인하듯이 떠오르는 이미지가 '문화강국의 위엄'이죠. '문화' 이미지로 사는 나라. 하지만 프랑스는 금융공학, 교통산업 등 다양한 산업에 의존해 있는데 특히 중요한 산업이 원자력입니다. 이게 프랑스의 딜레마예요. 앙드레 말로의 문화개혁을 계기로 프랑스는 문화국가의 상징처럼 돼 있어서 그 장점을 최대한 살리려고 하는데, 사실은 그 이미지가 너무 강하면 '무기산업 강국'이 못 될 것 같은 느낌을 주게 되죠. 반대로 무기, 첨단 산업이 기승을 부리면 문화국가 이미지가 사라집니다. 그래서 그 둘을 얄미울 만큼 적절히 활용하게 되었는데, 프랑스의 유명배우가 주변부 국가에 다녀가면 꼭 무슨 사건이 일어나요. 예컨대, 한국에 프랑스의 유명배우가 다녀가면 고속철을 구입했다는 기사가 뜹니다. 두 작업이 언제나 동시에 이뤄져요.

오에 겐자부로와 끌로드 시몽 간의 충돌은 이 때문에 일어났어요. 오에 겐자부로는 핵 문제에 관한 한 자신의 태도를 한 차례도 양보한 적이 없습니다. 아주 신중하고 겸손하며 진지한 작가로 소문나 있지만 핵, 원자력 문제만큼은 언제나 전면전입니다. 핵 문제를 일본의 문제가 아니라 인류사의 문제로 생각하는 오에 겐자부로의 저항은 일관성의 차원이나 지속성의 차원에서 아주 감동적이에요. 문제는 끌레드 시몽 이 그것을 소화할 수 없었다는 겁니다. 《르 몽드》지에 오에 겐자부로 에 대한 반론을 게재해요. 여기에 대해 가라타니 고진은 말합니다.

시몽은 프랑스가 제2차 대전에서 나치에 의해 점령당했던 경험을 이야기 하면서 핵무기 실험이 그러한 사태를 막기 위해 필요하다고 말한다. 여기에서 주목할 만한 점은 그가 오에의 항의에 대해서 아시아를 점령했던 일본의 과거 에 대한 이야기를 꺼낸 일이다.

오에 겐자부로의 항의에 맞서서 '아시아를 점령했던 일본의 과거 에 대한 이야기'를 꺼낸다! 이건 인간이 가진 굉장히 저돌적인 태도 가 운데 하나입니다. 상대방이 내게 어떤 제안을 합니다. 그런데 그 제안 뒤에 숨어있는 어떤 사악한 의미를 읽었어요. 그래서 내가 거부를 하자 저쪽에서 "너는 그럴 자격이 없어. 예전에 다른 잘못을 했잖아." 하는 반응을 보여요. 여기에 인식론적으로 어떤 문제가 있을까요? 가라타니 고진은 일단 "그때 그는 제2차 대전 이전에 세계 각지를 식민지화했던 프랑스의 과거를, 그리고 핵실험이 다름 아닌 그러한 일의 결과 중의 하나인 남태평양의 섬에서 행해졌다고 하는 사실을 완벽하게 잊어버리고 있었다.”고 말합니다. 그리고 이제 우리가 놓치지 말아야 할 매우 중요한 한 가지를 언급해요.

더 주목해야 할 것은 그가 일본의 과거를 비난하면서 동시에 일본의 서예에 감동했다는 이야기를 했다는 점이다.

어때요? 끌로드 시몽의 상태가 느껴지나요? '나는 일본을 굉장히 좋아해. 그런데 내가 좋아하는 일본은 침략자 일본이 아니라 빈센트 반 고흐에 영향을 미친 섬세한 미학을 가진 일본이야.' 이런 건데, 사실 오에 겐자부로는 그 이야기를 하는 것이 아니잖아요. 그는 왜 핵실험을 한 다음에 의뭉하게 노벨문학상 수상 작가들을 모아 축제를 하느냐 이거 아닙니까? 그는 작가로서 그 같은 사실을 모르는 척하고 초청에 응하는 것을 수치라고 여겼어요. 여기서 중요한 개념이 하나 나옵니다. 오에 겐자부로는 그것을 두고 '자기기만'이라고 해요. 재미있는 표현입니다. 자기기만이란 자기를 속인다는 말이죠? 매우 철학적인 용어예요. 내가 나를 어떻게 속입까? 배가 고픈데 고프지 않은 척한다고 정말로 배가 고프지 않게 되는 것은 아니죠? 나는 나를 속일 수 없어요. 낱말 상으로는 실체가 존재하지 않는 현상입니다. 그런데 큰 눈으로 보면 인간의 삶에는 이 같은 현상이 셀 수 없이 출현합니다. 예컨대 한 사람이 '정의'에 대해서 이야기를 합니다. 약자를 왜 차별하면 안 되는가, 어떻게 해야 차별하지 않는 것인가. 그런데 막상 그 사람이 하는 행동을 보면 약자를 아무렇지도 않게 짓밟고 다닙니다. 그 사람의 행동이 자기가 표방하는 가치와 너무 다른 거예요. 그러면 당신의 이론과 실천 중에서 어느 것이 진짜냐고 물을 수 있겠죠. 이론이 실천을 속이고 있거나 실천이 이론을 속이고 있는 것일 테니까요. 이때 중요한 것은 이론과 실천이 배반하는 상황이 된다는 것, 즉 자기기만이라는 것입니다.

철학에서 '자기기만'을 찾아내는 것은 무척 중요한 일입니다. 누군가가 나하고 생각이 다르기 때문에 비판하는 것이 아니라 그에게서 자기기만의 현상이 생긴 것을 해명해달라는 것, 이게 진정한 비판이에요. 재미있지 않아요? 상대와 내가 그냥 다를 때는 그것이 다른 것일 수는 있어도 잘못한 것은 아니잖아요. 누가 잘못한 것인지 살펴보는 과정이 필요하겠죠. 그런데 한 사람 안에서 서로 상반되는 두 개의 태도가 담겨 있으면 어떤 것하고 상대하라는 말이에요. 둘 중 어느 것이 진짜 상대인지 알아야 진실한 대화를 할 수 있죠. 가라타니 고진은 끌로드 시몽에게서 보이는 이 같은 모습을 지목해 "온갖 혁명적인 포즈와 소동 끝에 근대 서구의 가치로 회귀한 근년의 프랑스 지식인의 한 경향을 대표하고 있다."고 말합니다.

와, 이거 참 센 말이네요. 이 지적은 프랑스 지식인이 듣기에는 굉장히 아픈 표현이 아닐 수 없습니다. 그들은 언제나 아름답고, 온화하며, 문화적인 저력을 갖춘 프랑스의 이미지를 쓰고 있어요. 하지만 현실에서 마주칠 때는 그렇게 생각했다가는 큰코다칠 수도 있다는 뜻이에요. 그래서 가라타니 고진은 끌로드 시몽을 향해 이렇게 말해요.

> 그는 일본인 따위로부터 지적, 도덕적 비판을 받고 싶지 않은 것이며, 일본인이 그러한 일을 할 수 있으리라고 생각하지도 않는다. 만약 일본인이 프랑스인에게 무엇인가를 준다고 한다면 그것은 미적인 것이 아니면 안 된다.

좀 재미있지 않아요? 여기에는 프랑스인들이 인류의 '미의 상징'으로 생각하는 화가 고흐의 감수성에 "일본 미학이 결정적인 영향을 미쳤다" 하는 인식이 깔려있습니다. 그러니 그들에게 일본은 특별한 거예요. 고흐에게 영향을 미친 나라니까. 하지만 그렇다고 해서 감히 오에 겐자부로처럼 이야기하는 것은 난처하다는 겁니다. 일본은 이웃나라를 침략했고 이 문제가 아직도 해결되지 않았다, 그런데 그런 일본인이 프랑스 지식인에게 함부로 비판을 가하다니! (이 같은 감정은 일본인과 한국인 사이에도 내재돼 있어요.) 가라타니 고진이 문제를 삼는 것이 바로 이 점이에요. 예컨대 시몽은 자신이 일본인을 얕보고 있다고는 결코 생각하지 않을 거라는 겁니다. 그러나 그는 현실로서 존재하고 근대사회가 초래한, 지적이면서 도덕적인 제반 문제로 인해 고뇌하면서 살아가는, 흔히 볼 수 있는 일본인을 철저하게 괄호로 묶어두기를 하고 있어요. 여기에서 주의할 표현이 등장하는데 "괄호로 묶어두기"예요. 이는 "따로 떼어놓고 생각한다."는 뜻입니다.

여기서 잠깐 생각해보죠. 먼저 "근대 사회가 초래한… 고뇌하면서 살아가는… 일본인"이란 어떤 걸까요? 제 생각은 이래요. 근대사회 속의 사람들, 근대인, 근대를 살면서 인문학적 소양을 갖추고 자의식이 생겨나면 누구보다 먼저 자기가 자기를 감시합니다. 자기 내면의 준거 틀이 엄격하다는 건 근대인들이 갖는 큰 특징입니다. 특히 근대 예술가들은 현실의 일선에서 야기되는 자의식의 충돌을 극복하기 위해서 정말 치열하게 싸웠어요. 자신이 파렴치한이 되는 모멸적인 상황을 도저히 견디지 못하는 것이 근대 예술가들의 지적 태도입니다. 이 문제를 이해하자면 근대사회가 상식화시킨 통상적 윤리관이나 이성적, 논리적 또 인과율이나 정합성만으로는 설명할 수 없는 상황에 처합니다. 근대를 살아가는 그런 고뇌가 어떻게 프랑스에만 있겠습니까? 당연히 일본에도 있겠죠. 그런데 편견에 사로잡히면 그게 보이지 않습니다. 그것을 벗겨내려면 반드시 '복잡한 문제를 사유하는 방법'이 필요하게 돼요. 자, 바로 여기서 가라타니 고진이 중요하게 생각하는 말, 즉 '괄호 묶기'라는 낱말이 출현합니다.

오리엔탈리즘의 정체

제가 이 문제를 찬찬히 더듬어 볼게요. 편의상 제 경험을 예로 들겠습니다. 1990년대 초중반쯤일 거예요. 한겨레신문사에서 문화센터를 만들었어요. 그때 제가 문학기행 강사로 베트남 기행을 여섯 번 갔습니다. 많은 사람들이 베트남을 사랑한다고 해요. 사실은 베트남 술집을 사랑하거나, 서비스 문화를 좋아하는 사람들이 '베트남'을 사랑한다고 말하는 거예요. 베트남인들의 실존적 고뇌, 역사, 인문학적 배경은 하나도 모른 채 관광산업의 상품을 좋아했으면서 말입니다. 그들은 베트남이 발전하지 않은 상태로 언제까지나 머물러 있고 자기는 가서 돈 쓰고 우쭐해하는 관계를 좋아하죠. 가라타니 고진이 시몽에게 지금 이런 말을 하고 있습니다.

그가 사랑하는 것은 미적 표상으로서의 일본이며, 가능하다면 일본인이 언제까지고 그곳에 머물러 있기를 그는 원하고 있는 것이다. 일본인이 서구화한 모습 같은 것은 보고 싶지도 않고, 서양의 언어(라고 그들이 믿는)로 하는 말 같은 것도 듣고 싶지 않은 것이다.

나아가 가라타니 고진은 이것이 시몽의 문제가 아니라 프랑스 지식인 일반의 문제라고 말합니다.

　　그러나 이는 결코 시몽 한사람의 태도가 아니라 일본에 관심을 갖는 프랑스의 지식인, 나아가 어떤 의미에서는 '일본문화에 대한 사랑과 존경'을 표명하는 서양인들에게 일반적으로 해당되는 이야기다. 한마디로 말하자면 그것은 미적 태도이다.

　여기에서 재미있는 표현이 출현하는데, 끌로드 시몽이 일본에 우호감을 보이는 것은 단지 '미적 태도'라는 거예요. 이 말은 무슨 말일까요?

　인간의 인식적 코드를 흔히 진·선·미 로 분류합니다. 진위를 가리는 것, 선악을 나누는 것, 미추를 나누는 것. 여기에서 미와 추의 문제를 취급하는 태도를 '미적 태도'라 하죠. 미학공부를 할 때 '미적 태도'는 굉장히 중요한 측면을 가리키지만 지금 가라타니 고진이 말하는 맥락에서는 상당히 부정적인 측면을 지목합니다. 그러니까 한 인간, 한 세계, 혹은 한 현상의 실존적인 가치를 온전하게 바라보지 않고 그 중에서도 딱히 '미'의 측면만 중시하는 태도를 말해요. 그는 북미의 지식인은 이러한 태도를 취하는 사람이 매우 드물다고 하면서 그러한 변화를 가져다준 것이 에드워드 사이드의 『오리엔탈리즘』이라고 말합니다. 에드워드 사이드는 팔레스타인 사람인데 미국에서 유학을 했어요. 『오리엔탈리즘』은 인류의 미학이, 문화가 얼마나 편견과 야만에 길들여져 있는지를 제3국의 눈으로 까발린 책입니다. 그러다보니 미국 쪽에서 공부한 사람들은 대부분 이 가치관 자체는 습득이 되어 있어요.

미국에서 이 문제를 광범위하게 받아들이도록 만든 것은 1960년대 시민권운동과 반(反)베트남 전쟁의 체험입니다. 미국의 젊은이들이 반전운동을 했다? 실감이 잘 안 나지요? 그렇다면 꽤 전에 나온 건데 5분 다큐 〈지식채널e〉에서 '무하마드 알리' 편을 한번 찾아보세요. 많은 언어를 동원해도 무하마드 알리 현상에 대해 설명을 잘 못합니다. 그런데 이 5분 다큐가 단 몇 장면으로 무하마드 알리를 명쾌하게 전달합니다.

베트남 전쟁은 사실 인류의 양심을 실험했다고 하는 전쟁입니다. 이 문제는 당시 미국에서 정말 크고 심각했어요. 그 시절에 무하마드 알리가 베트남전 참전을 위한 입대를 정식으로 거부하면서 놀라운 주장을 합니다. 베트콩들은 나를 깜둥이라고 욕하지 않는다. 그런데 내가 왜 나를 깜둥이라고 욕하는 자들을 위해서 나를 깜둥이라고 욕하지 않은 사람들과 싸워야 한단 말이냐. 인간은 인간의 가치를 소중하게 생각하는 사람과 그렇지 않은 사람이 있잖아요. 그렇지 않은 사람, 내 가치를 깔아뭉개는 사람이 내 적인데, 내가 왜 그 적을 위해 적이 아닌 사람들에게 총을 겨눠야 하지? 이거 억지스런 주장입니까? 그런데 이 당연한 이야기가 제도와 체제와 국가이데올로기 속에서 무화됩니다. 그래서 세계를 향한 고독한 외침이 필요한 거죠. 이런 외침이 지구 전체에서 일어납니다. 비틀즈도 그랬어요. 당시 비틀즈의 몸짓은 지구촌에 그 정신을 퍼트리는 최고의 무기였어요. 그리고 가장 지적인 사람들, '문자'를 가지고 있는 참여자들, 그것이 미국의 문학동인 '비트제너레이션'이었어요.

미국은 상당히 괴물 같은 나라에요. 미국문학이 늘 부딪치는 문제가 포스트콜로니얼리즘입니다. 우리가 읽는 시나 소설은 사실 유럽에서 만들어 놓은 것을 수입해서 쓰는 것이죠. 영화도 우리가 만든 것이 아니에요. 북아메리카도 그렇습니다. 남의 것을 배워서 하는 거예요. 미국은 오랫동안 자기로부터 시작되는 어떤 유형의 지적 혹은 창조적, 정신적 에너지를 만들어 내기 위한 고민이 많았습니다. 그런데 해결책이 없어요. 예를 들어 축구 대신 야구, 그다음 미식축구. 그런데 아무리 해도 잘 안 돼요. 미국이 아무리 야구에 몰두해도 지구촌은 축구가 압도를 합니다. 똑같은 이유로 문학의 경우, 지구촌에서 미국문학이 언제나 삼류 문학으로 취급받습니다. 그러다 문제아가 출현해요. 그들이 '비트제너레이션'이라는 문학 동인을 만들어서 거의 미치광이 수준으로 활동을 합니다. 히피, 마약, 동성애… 유럽에서 윤리적인 가치가 있다고 생각하는, 고로 미국 주류사회에서 가치가 있다고 취급되는 것과 반대되는 일을 골라서 합니다. 당시에 살해의 위협을 받으면서 활동을 했어요. 이 '비트제너레이션'이 1960년대에 반전 운동을 하면서 일종의 정신적 구심점을 형성합니다. 당시 클린턴이 학생 운동을 했습니다. 클린턴이 집권할 무렵엔 반전(반정부)운동을 하던 사람들이 미국의 주역으로 바뀐 거예요.

그런데 근대적 가치관이 중심인 유럽, 영국이나 프랑스에서는 이

절차를 통과한 지식인의 숫자가 적습니다. 그래서 끌로드 시몽처럼 구닥다리 같은 주장을 펼치는 사태가 일어난다는 것이 가라타니 고진의 생각이에요. 어쨌든 가라타니 고진은, 만약 북미의 지식인을 사이드 이전과 사이드 이후로 나눌 수 있다고 한다면 유럽의 지식인은 사이드 이전, 즉『오리엔탈리즘』이전에 있다고 본 겁니다. 왜냐하면요,

> 사이드가 이 책에서 강조한 한 가지는 오리엔탈리즘이 비서양 사회의 사람을, 그 사람의 지적·도덕적 실존을 무시하고 사회과학적으로 분석될 수 있는 대상으로서 보는 일에 존재한다고 하는 점이다. 그것은 비서양인을 지적·도덕적으로 열등한 인간으로 간주한다.

얘기하다 보니 '오리엔탈리즘'의 뜻이 저절로 밝혀졌어요. 서양 사람이 동양 사람을 지적·도덕적으로 열등한 인간으로 간주한다는 것. 그러나 그에 못지않게 중요한 것은 '오리엔탈리즘이라는 것이 지적·도덕적으로 열등하다고 보는 타자를 미적으로 숭배하는 태도'를 갖는다는 거예요. 자기보다 열등한 인간이라고 무시해 놓고 그러나 '신비하고 매혹적'이라고 이야기하는 것처럼 심각한 모순이 어디 있어요. 그러한 일은 오리엔탈리스트 혹은 오리엔탈리즘적 태도를 가진 사람들을 자기기만에 빠지게 합니다. 그들은 다른 사람은 몰라도 자신만은 비서양인을 대등한 존재 이상으로 취급하고 있다고 굳게 믿고 있는 거예요. "나는 동양을 사랑해." 그런데 이 말을 듣는 동양인들은 모독 받는

느낌을 지울 수 없어요. 이런 모순을 오리엔탈리즘이라고 표현한 겁니다. 서양인들이 비서양인을 열등한 존재로 취급하면서 낭만적 감상성을 드러낼 때만 신비화하는 자기기만의 태도 말이에요.

여기서 다시 논술로 돌아갑시다. 아까 나온 '괄호 묶기'라는 말을 기억하지요? 오리엔탈리즘과 같은 오해는 자신과 타자를 세계 속의 온전한 존재로 이해하는 것이 아니라 '나는 인식의 주체고 저것은 나의 대상이다'라고 여길 때 발생합니다. 이런 현상이 근대부터 시작됐어요. 자화상이 언제 생겼을까요? 자화상은 타자에 대한 인식이 발생해야 생깁니다. 옛날 사람들에게는 지상에 존재하는 낱개 하나하나가 특별히 중요한 무엇이 아니었어요. 근대에 들어서면서 타자에 대한 인식이 자의식을 갖게 만들고 그것이 자화상을 그리게 만들어. '나'라는 존재에 대해 생각하게 만들죠. 세계를 대상화시키기 때문에 생기는 현상입니다. 근대적 태도의 가장 큰 문제점을 '세계를 대상화' 하는 데 있다고 볼 수 있는데, 이제 그 예를 들어볼게요.

1999년이었던가? 제가 처음 몽골에 갔을 때 그 나라에 민간인이 사용할 수 있는 헬리콥터가 네 대밖에 없었어요. 제가 동행한 한국인 답사단이 그중 한 대를 빌려서 여행을 했습니다. 그때 한 분이 통역을 하던 몽골 교수에게 계속 묻는 겁니다. "저 산 이름이 뭐요?" 처음에는 못 들은 줄 알았어요. 계속 물으니까 대답을 하더라고요. "서로 문화가 다르기 때문에 받아들여야 하지만 때로는 그게 도저히 안 될 때도 있습니다. 선생님 같으면 어머니를 가리키며 쟤 이름이 뭐냐 물으면 뭐라고 하겠어요? 산은 우리의 어머니입니다." 그러자 머쓱해진 분이 일행들을 보면서 이렇게 말해요. "몽골인들은 바보야. 세계적 휴양지가 있는데 그냥 썩히잖아." 이게 세계를 대하는 태도의 차이예요. 몽골 유목민들은 성스러운 것을 불도저로 밀면 어머니 살을 깎는 격이 되기 때문에 그 의견을 받아들이지 못해요. 그러다 점점 근대적 사유에 길들여지고 '세계를 대상화'시키는 인식에 익숙해지면 조금씩 바뀌게 됩니다.

이 같은 현상은 지상의 거의 모든 국가가 겪는 일입니다. 근대의 첨병이 '기차'와 '학교'예요. 기차든 학교든 둘 중 하나가 생기고 나면 그 사회는 복구가 불가능한 일방통행의 개발 과정에 돌입합니다. 저의 어린 시절을 돌이켜보면, 학교가 거의 전쟁터였어요. 처음에 입학하면 '가나다라'를 먼저 배우는 게 아닙니다. 선생님이 "손 내밀어! 손톱 깎고 땟자국 없애!" 이렇게 위생 습관부터 시작해서 근대적 형식의 삶을 아주 엄격하게 가르치기 시작해요. 이건 봉건제적 풍속이 남아 있는 집안 풍경과 대비하면 얼마나 난데없는지 희비극이 따로 없어요. 만약 제 눈에 다래끼가 나면 할머니가 우물가로 데리고 가서 "아이고 내 다래끼야" 하면서 콩을 뚝 떨어뜨립니다. 그러면 다래끼가 우물에 떨어져 없어진다고 생각을 한 거죠. 초등학교 2학년 정도 되면 이제 그런 할머니와 싸우기 시작합니다. "할머니 그거 미신이야." 할머니의 세계인식, 삶의 형식들은 더 이상 존중되지 않는 거죠. 학교에서 계속 격파하기 때문이에요. 그래서 그것은 이제 할머니 세대가 떠안고 사라져 가고 우리는 근대의 삶에 따라 세계관을 바꿔갑니다. 세계를 대상화시키는 태도를 갖추게 되는 거죠.

　지구 오지 기행을 하다 보면 이 근대적 태도가 현지의 원주민들과 계속 충돌하는 걸 겪게 됩니다. 근대와 전근대가 세계를 대하는 태도는 너무도 달라요. 그 근대인들이 겪는 도그마를 가라타니 고진은 이렇게 말합니다.

　타자를 단순히 과학적 대상으로서 내려다보는 일과 미적 대상으로 올려다 보는 일은 서로 모순되지 않으며, 오히려 상호보완하고 있다.

　끌로드 시몽이라는 탐미주의자도 타자를, 오에 겐자부로를, 그냥 과학적 대상으로 분석해서 내려다보면서 자신은 일본을 특별히 사랑하는 것처럼 미적으로 올려다봅니다. 가라타니 고진이 자신의 의견을 펴기 시작하는 자리가 이곳입니다. 이제 그 이야기를 해볼게요.

네 눈빛 속에서 세계가 다시 태어난다

18세기 후반에 출현한 미적 태도에 관해 가장 투철한 고찰을 행한 사람이 칸트라고 합니다. 칸트는 어떤 대상에 대한 우리의 태도를 이제까지의 전통적 구별에 따라 세 가지로 나눠요. 예컨대, 우리의 몸은 하나지만 무엇을 마주하는 순간 관심의 코드를 대략 세 가지의 층위에서 작동시킵니다. 첫 번째가 인식적인 관심, 두 번째가 도덕적인 관심, 세 번째가 취향 판단. 여기서 잠깐 설명하고 지나갈게요. 인식적인 관심, 이걸 과학이라 하는데 진짜냐 가짜냐를 가리는 데 사용되는 사유예요. 우리는 자연 혹은 객관세계를 탐구할 때 주로 이 코드를 작동시켜요. 다음으로 도덕적인 관심, 이건 선악, 즉 착한지 악한지를 가릴 때 작동시키는 코드로서 종교적 사유가 이를 담당하고 주로 신의 문제를 탐구할 때 사용됩니다. 마지막으로 취향판단, 이걸 가리는 게 미추의 감정인데, 이걸 밝히는 일을 예술적 사유가 감당하고 주로 인간의 문제를 탐구할 때 사용됩니다. 그런데 이것들은 때로는 상반되고 때로는 모순되면서 한 존재에게 동시에 존재해요. 그러니까 진·선·미는 한 인간이 사용하는 여러 개의 사유형식이라는 것, 이는 별로 특별할 것 없는 상식에 속하지요. 하지만 칸트의 구별이 그때까지의 생각과 다른 점은 그가 여기에 우열의 순위를 부여하지 않고 그저 그것들이 성립되는 영역을 명확히 했다는 사실입니다.

근대인들은 거기에 우열을 정하거든요. 초등학교 들어가면 선생님이 확실하게 주입시키기 시작합니다. 이성을 중시하고, 선악의 문제는 소홀히 취급하며, 취향판단은 아예 왜곡하기까지 합니다. 가령, 공부를 잘하는 사람이 착한 사람이다, 또는 공부를 잘하는 사람이 예쁜 사람이다! 그러면 학생들은 현실 속에서 모순을 느끼죠. 아니, 예뻐야 예쁘지, 공부만 잘한다고 예뻐지나? 맞아요. 근대에는 과학이 압도적인 우위를 가졌습니다. 이성을 중심으로 취급했어요. 그래서 이성 바깥에 있는 사람을 어지간해서는 건드리지도 않습니다. 자, 골목길에서 만취한 사람이 휘청거리다가 조폭의 어깨를 부딪치고 갔다고 합시다. 조폭이 화를 냅니까? 만취한 사람하고 싸우는 것은 미친 짓이에요. 법정에서도 피고가 이성이 없는 상태였음을 증명하면 형량이 깎입니다. 그런데 요즘 네티즌들을 보면 사회 분위기가 크게 달라졌어요. 취중에 범죄를 저지르면 형량을 두 배로 올리라고 주장합니다. 왜냐? 그것은 진짜니까. 취중에 하는 짓이 오히려 그 사람의 본질에 가깝다는 거예요. 20세기가 끝나면서 이렇게 '진'을 편애하는 태도에 균열이 생긴 것입니다. '진'으로부터 탈출하기 시작해요. 그렇지만 한때 이성과 과학은 최고의 독재자였습니다. 누구도 저항할 수 없었어요. 어떤 문제든지 이성과 과학을 들이대고 그것으로 가치판단을 했지요. 전근대는 선악의 문제로 모든 것을 결정했다고 합니다. 종교적 태도에 따라 척도가 달라지죠. 근대로 넘어오면서 '진'이 절대적인 가치가 된 겁니다. 근대인은 합리성을 믿습니다. 합리적이냐 아니냐가 문제를 판단하는 기준이에요.

　바로 그 근대라고 하는 인식적 기율과 가장 치열하게 싸운 장르가 시예요. 그것이 천국이 아니라 지옥임을 가장 먼저 예민하게 눈치챈 것이 시인들이에요. 시는 원래 소수 장르였는데 근대, 특히 유럽 낭만주의 시대를 거치면서 대표 선수들이 등장하죠. 랭보, 보들레르. 이런 사람들은 근대가 중요한 가치로 생각하는 것들을 받아들이지 않아요. 그들은 틈만 나면 거꾸로 합니다. 그들의 작품 제목을 보면 그것이 그냥 방탕이 아니라 확고한 지향성을 가지고 투쟁해 나갔음을 알 수 있어요. 보들레르 시 제목이 「악의 꽃」이에요. 악은 칭송되어서는 안 돼요. 근대의 가치관으로는 존재할 수 없는 거예요. 그런데 그 못된 것이 이상하게 매력을 뿜는 걸 어떻게 합니까? 그래서 많은 사람들이 사랑하는데요. 이 모순에 답을 해라. 이게 그 사람들의 태도예요. 유럽 근대가 만들어놓은 '지상의 천국'을 놓고 랭보는 『지옥에서 보낸 한철』이라고 노래했어요. 그렇게 저항을 했기 때문에 그들이 '유럽 근대의 자식'이 아니라 유럽의 근대를 살면서도 근대이데올로기의 자식이 아니라 '인간의 자식'으로 평가를 받는 거죠. 그렇게 그들이 썼던 운문적 양식이 지상을 거의 통일합니다. 대부분의 지역에서 그것을 시라고 불러요. 한국도 마찬가지죠. 그 이전에 존재했던 시를 시라고 부르지 않고, 근대 유럽에서 쓰던 형식을 시라고 불러서 신춘문예에서도 그런 작품을 모집합니다. 이 시가 무슨 일을 하는가에 대해서는 나중에 다시 이야기하겠습니다.

하여튼 어떤 대상에 대해서 인간은 적어도 세 개의 측면에서 반응하는데, 그것들은 가끔 상반되는 태도를 만들어냅니다. 때문에 특정한 문제를 이야기하기 위해 불가피하게 두 가지를 괄호로 묶어놓을 수밖에 없어요. 한 존재가 한 행위들 안에서 모순되는 현상이 생기기 때문에 시 이야기를 할 때는 다른 문제를 괄호에 묶고, 다른 문제를 이야기할 때는 시를 괄호에다 묶어야겠죠. 그런데 존재 자체를 바라볼 때는 모든 괄호를 풀어야 합니다. 가라타니 고진이 지금 그 문제를 이야기하는 거예요.

어떤 사물이 허위이거나 혹은 악(惡)이라 해도 쾌(快)일 수도 있고, 그 반대일 수도 있다. 칸트가 취향판단을 위한 조건으로서 생각한 것은 어떤 사물을 '무관심'하게 보는 일이다. 무관심이란 인식적, 도덕적 관심을 일단 괄호로 묶어두는 일이다.

신파에 빠지곤 하던 세대, 구세대들은 괄호 묶기와 풀기가 잘 안 됐습니다. 그런데 지금 세대는 거기에 굉장히 능숙해요. 그 증거 중 하나가 영화가 끝난 뒤에 NG장면들을 즐기는 모습이에요. NG가 나면 그것대로 즐거움을 느낍니다. 옛날에는 그런 것이 가능하지 않았어요.

제가 어렸을 때 들은 이야긴데, 사실인지 아닌지는 모르겠습니다. 배우 이덕화가 악역을 절대할 수 없다고, 절대로 하지 않겠다고 공언하다가 드라마 〈제5공화국〉에서 바뀌었다고 합니다. 이덕화 아버지가 아주 유명한 배우잖아요. 한때, 한국 최고의 배우라는 평이 자자했습니다. 그가 없으면 영화가 안 되던 시절이 있었어요. 그만큼 많은 영화에서 악역 전문 배우를 도맡았습니다. 그런데 슬프게도 그가 거리를 지나가면 사람들이 진짜 나쁜 사람인 줄 알았대요. 영화에서 악역을 했다는 것에 대한 괄호 묶기와 풀기가 전혀 되지 않는 것이죠. 예전에 개그맨들이 밤무대에 나오잖아요. 약간 바보 같은 역할을 하겠죠. 그럼 관객들이 진짜 바보인 줄 알고 빵이나 과자를 던졌어요. 괄호 묶기 풀기는 자기 스스로 주관적 능동성으로 해가는 거죠. 저 사람은 원래 어떤 사람인데 무대에서 어떤 역을 한다고 약속을 했어요. 그렇기 때문에 실존은 괄호 안에 묶어놓는 거죠. 무대에서는 미적 가치로만 존재하고 있는 거예요. 하지만 배역이 실존 그 자체는 아니죠. 연기를 잘 하면 더 실감이 나고 그것으로서의 가치가 있겠죠. 배우로서의 명성이 있을 테고요. 하지만 그와 별개로 실존적 역할이 따로 있어요. 어떤 배우도 그 삶 속에는 실존적 고뇌가 담겨 있겠죠.

이걸 혼동하면 곤란합니다. 예를 들면 외과의사가 진찰이나 수술을 할 때 환자를 미적 도덕적으로 보는 일은 바람직하지 않을 거예요. 의사라는 직업은 언제나 과학으로 정리됩니다. 의사에게는 진위, 즉 어떤 것이 참이고 어떤 것이 참이 아니냐가 중요해요. 그래서 환자는 환자일 뿐입니다. 의사 앞에서 환자는 선악이나 미추가 있어서는 안 돼요. 편을 나눠서 누구는 기독교니까 고쳐주고 누구는 이슬람이니까 고쳐주지 말자고 하면 안 됩니다. 얘는 예쁘니까 치료해주고 얘는 안 예쁘니까 죽든지 말든지 방치하겠다. 그러면 의사가 아니죠.

그런데 여기에서 이상한 현상이 생겨나요. 칸트의 생각에 의하면, 미는 단순히 감각적 쾌적함에 존재하는 것은 아닙니다. 그렇다고 해서 무관심한 태도에 있는 것도 아니에요. 그것은 오히려 '관심'을 적극적으로 포기하는 능동성으로부터 발생되는 것이니, 그 경우 관심을 괄호로 묶어두기 어려운 경우일수록 그렇게 하도록 만드는 주관의 능동성이 쾌로서 자각됩니다. 이것 참, 이해가 되었다 안 되었다 그러죠?

자기가 파괴한 세계를 동경하는 자들

저 어릴 때 옆집에 갈치 장수가 살고 있었어요. 그 집은 온통 어물전 궤짝들이 가득 쌓여 있어서 집안 곳곳에 어물전 냄새가 가득 차 있어요. 그래서 우리들은 그 집에 좋은 것이 있어도 잘 알아보지 못했어요. 모든 것이 가난하고 누추해 보였으니까. 그런데 동네에 약방댁이라 불리는 사모님이 살았어요. 그 분이 상당히 세련된 분이라 미적 가치에 민감했는데, 하루는 배우들에 대한 인물평을 하다가 느닷없이 자기가 관찰한 바로는 갈치 장수 딸만큼 예쁜 사람은 없다고 해서 동네사람들이 깜짝 놀랐습니다. 세수도 잘 안 하는지 늘 냄새를 풍기고, 복장은 남루하며 머리카락은 떡칠한 듯이 뭉쳐 있는데, 그 속에 감춰진 천부적 미모를 그분은 발견한 거예요. 나름대로 괄호 묶기와 풀기를 할 줄 아는 분이었던 거죠. 바로 그 같은 태도를 가라타니 고진이 문제 삼고 있는 거예요. 미를 굉장히 잘 찾아내는데 그런 미적 태도만 있고 다른 측면은 싹 무시해 버리는 존재 말입니다. 가라타니 고진은 이렇게 말하더군요.

그러나 칸트에게 미(美)란, 예를 들면 균형미(symmetry)가 미묘하게 결여된 건축에 대해 균형미(혹은 합목적성)를 상상적으로 회복시키려 하는 주관적 능동성으로부터 생겨나는 어떤 것이다. 그 경우 관심을 괄호로 묶어두는 일이 어려우면 어려울수록 그것을 실행하는 일의 쾌(快)도 크다고 말할 수 있다.

바로 이 같은 현상이 예술에서 나타나는 경우가 많습니다. 가령, 뒤샹은 미술전에 변기를 전시했는데, 그것은 이 물건에 대해 일상 속에서 갖고 있는 관심을 괄호로 묶어두고 보라는 것을 의미합니다. 그것은 우리가 일상에서 만나는 변기가 아니에요. 변기는 변기인데 이를테면 작품으로서의 변기인 거죠. 그 경우 '이것은 미술전에 전시되어 있는 작품이다'라고 하는 시그널이 그런 식으로 괄호로 묶기를 촉구하는 겁니다. 가라타니 고진은 바로 이 현상을 놓고 뒤샹은 미술관이나 전람회에 있는 것만이 예술이 아니라 모든 사물이 예술일 수 있음을 나타냈다고 말합니다. 그것을 예술이라고 생각하고 보면 다 예술이 된다는 것, (사실 이런 과정을 통해서 예전에는 화랑에 있었던 것이 거리로, 삶 속으로 나왔습니다) 그러나 그것이 가능한 것은 미술관이나 전람회가 '예술'을 보증하는 것이라고 하는 통념이 존재할 때에 한해서입니다. 우리는 이 예를 통해 칸트의 고찰에 포함되어 있었던 여러 가지 문제를 생각할 수 있어요. 첫 번째로, 뒤샹이 전시한 것이 통상적으로 추악함을 연상시키는 변기라고 하는 것인데, 이때 사람들은 그러한 감정을 괄호로 묶어둘 것을 촉구당한 겁니다. 그리하여 불쾌를 괄호로 묶어두는 능동성이 형이상학적인 쾌를 부여한다는 것이 칸트의 생각인데, 낭만주의에서는 이 괄호로 묶어두기가 하나의 도착(倒錯)을 파생시켰습니다. 예를 들면 도덕적인 반발을 불러일으키는 악이 그것을 괄호로 묶어두는 주관의 능동성에 의해 쾌를 초래합니다. 바로 여기에 가라타니 고진의 예리한 해석이 던져집니다.

그 때문에 탐미주의는 거꾸로 '악'이나 타락(abjection)을 필요로 한다.

세상에나! 이제 우리의 논의는 보다 깊은 자리에 도달했습니다. 가라타니 고진이 문제 삼고자 하는 것은 탐미주의자, 심미주의자들이에요. 그에 의하면 심미주의라 하는 미적 태도는 대상 그 자체로부터가 아니라, 그 대상으로부터 얻는 여러 가지 반응을 괄호에 넣는 일로부터 쾌를 얻습니다. 그래서 심미주의자가 설혹 무언가에 무릎을 꿇는다고 하더라도 그것은 결코 그 자체에 진짜로 굴복하고 있는 것이 아니라, 실제로는 지배할 수 있는 대상에 굴복하는 쾌감을 애써 괄호로 묶어두는 일에서 쾌감을 발견해내고 있습니다. 가라타니 고진은 그것을 매저키즘에 비견할 수 있다고 말해요. 매저키스트가 굴복을 통해 쾌감을 얻는 것은 기실은 상대에 대한 우위를 확인하고 있기 때문이며 그렇지 않더라도 그로부터 안전한 장소에 있기 때문입니다. 저도 그런 걸 많이 봤는데, 할아버지는 손자가 무릎에 앉아서 자신의 뺨을 때리고 꼬집어도 화를 내지 않습니다. 마냥 예쁘죠. 가라타니 고진은 이를 놓고 "매저키즘은 분명히 근대적인 것"이라고 말합니다. 이런 태도들이 근대적 인식론의 토대 위에서 발생된 사회적인 현상이라는 거예요. 이쯤 되면

38

가라타니 고진은 마치 끌로드 시몽을 손금 보듯이 보고 있는 것 같지 않아요? 그는 이렇게 말합니다.

우키요에가 19세기 후반의 프랑스의 인상파 화가를 경악시킨 것은 사실이다. 또 일본의 공예품이 대중적으로 커다란 영향을 끼쳤고 그것이 '아르누보'로 이어졌다고 하는 것도 사실이다. 그러나 '쟈뽀니즘'만이 특별한 것은 아니었다.

생소한 단어가 나왔죠. 쟈뽀니즘. 일본판 오리엔탈리즘을 말합니다. 가라타니 고진은 프랑스적인 태도가 일본에 대한 사랑이 아니라 '단순한 미적 태도'로서 상대를 식민지화했거나 언제고 식민지화할 수 있다는 사실에 의해서만 가능한 것이라고 말해요. 여기에 그가 복선으로 깔아놓은 주제가 나옵니다.

그러나 심미주의자들은 곧잘 그 사실을 잊고 마치 그러한 미에 무릎 꿇는 일이 그들을 대등한 타자로서 존중하는 일을 의미하는 것인 양 생각한다.

이 같은 일은 국가와 국가 간에만 일어나는 게 아니라 시대와 시대 간에도 일어납니다. 가라타니 고진에 의하면 "낭만주의자들이 과거의 공예품을 찬미하기 시작하는 것은, 그것이 기계적 복제품에 의해 사라졌기 때문"입니다. 벤야민은 복제시대에는 예술작품의 아우라가 사라진다고 말했지만 사실은 그 반대라는 거예요. 복제시대가 되면 그때까지의 예술작품에 아우라가 부여되는데 "생산의 기계화는 수작업에 의한 생산품에 아우라를 부여"하기 때문이라는 겁니다. 그러니까 아우라는 대상에 존재하는 것이 아니라 그것을 예술로 간주할 것인가 아닌가, 바꿔 말하면 '무관심'에 의해 그것을 보는가 아닌가에 의존합니다. 예를 들면 앤디 워홀이 제시한 것은 우리가 무관심하기가 쉽지 않은 대상(복제품)에 대한 태도의 변경(괄호로 묶기)이죠. 이미 뒤샹의 〈샘〉이 복제품이었잖아요. 산업혁명과 함께 이러한 미적 태도가 나타납니다. 그것은 경제적으로 사라져간 생산(수작업) 및 그 생산자들의 생활에 대한 태도예요.

산업혁명과 함께 나타난 이러한 미적 태도의 정체를 한 마디로 정리하면 '자신이 파괴시킨 세계를 동경하는 태도'라 할 수 있을 거예요. 그러니까 한반도에서 가장 큰 주제는 경제난인데, 역설적이게도, 그렇게 경제난에 시달리는 사람들이 가난한 나라에 여행을 가서 너희는 발전하면 안 된다고 이야기합니다. 가난을 굉장히 동경해요. 그런데 '경제난'이라는 자의식 자체가 이미 자신이 동경하는 것을 초토화시키는 태도거든요. 부를 많이 만들고자 하는 사람의 실존은 모든 욕망이 가난에 처한 상태를 파괴시키는 데 있음에도 미적 태도로는 그것을 동경하는 거예요. 그러니까 경멸하면서 동경하는 겁니다. 여기서 가라타니 고진은 다음과 같이 말합니다.

미적 태도는 다른 요소를 괄호로 묶어두는 일에 의해 성립된다. 그러나 그 괄호는 언제라도 다시 제거되지 않으면 안 된다. 그것은 영화관에서는 갱을 영웅으로 간주해도 괜찮지만 바깥으로 나오면 곧바로 그들을 경계하지 않으면 안 되는 것과 같은 일이다. 그러나 이러한 류의 심미주의자들의 특징은 이 괄호를 제거하는 일을 잊어버린다는 점이다. 그들은 이러한 괄호로 묶기에 의해 발견된 것을 타자 그 자체와 혼동하고 만다.

그리고 그로부터 자기기만이 발생하는데, 그러한 미에 대한 존경을 타자에 대한 존경과 혼동하고 마는 것이죠. 이렇게 해서 심미주의자들에 의해 식민주의가 기묘한 형태로 잊히고 맙니다. 이제 우리는 굉장히 중요한 개념을 목전에 두게 되었어요. 여기서 일단 지금까지 말한 내용의 핵심을 정리해 놓고 지나갑시다.

심미주의의 본질은 괄호 묶기에서 생겨나는 것이 아닙니다. 심미주의자들은 괄호 묶기를 아주 잘해요. 추한 것들에 덮여 있어도 미를 찾아냅니다. 그런데 상대를 대할 때는 괄호로 묶었던 것을 풀어야하는데, 그것을 하지 못하고 '미'만이 상대의 본질인 양 대하는 거예요. 식민지주의 또는 제국주의는 항상 새디스틱한 지배로서 고발됩니다. 그러나 가장 식민주의적인 태도는 상대를 미적으로만 평가하고 존경마저 하는 일입니다. 그것을 아시아인들은 유럽에 가면 자주 느낍니다. 동양인들을 실존적으로는 존중하지 않으면서 외꺼풀 눈이 신비하다고 말하는 태도 말이에요.

에드워드 사이드가 '오리엔탈리즘'이라고 부르고 있는 것은 바로 그런 태도이다. 심미주의자가 언제나 反식민주의자이듯이, 그들은 언제나 反자본주의적이다. 그러나 그것은 산업자본주의의 출현에 의해서만 가능한 것이다. 우리는 파시즘이 바로 이 심미주의를 그 핵에 두고 있다는 사실을 볼 수 있을 것이다. 즉 파시즘이란 얼핏 보기에는 반자본주의적이면서, 바로 자본주의적 경제가 초래하는 모순을 미적으로 승화시키는 일인 것이다.

'지배'는 권력이 만들어냅니다. '미' 안에서 권력이 어떻게 감춰지는지 밝히기 위해 우리는 괄호 묶기와 괄호 풀기를 잘해야 해요. 그래야만 '심미주의의 정체'를 밝힐 수 있어요. 심미주의는 정치적으로 순수해 보이지만 사실은 언제나 지배자의 무기입니다. 바로 이 때문에 꽤 많은 식민지의 예술적 재능들이 식민지 민중의 감수성을 교란시켰습니다.

매혹 뒤에 숨은 권력에 대하여

    지난번 이야기를 잠깐 하고 갈까요? 하나의 현상을 만났을 때 인간의 인식은 적어도 세 개의 층위에서 작동한다 했습니다. 진위를 가리는 과학적 인식, 선악을 판단하는 종교적 인식, 미추를 식별하는 예술적 인식. 여기서 인간은 과학적 판단을 할 때는 종교적 인식·예술적 인식을 괄호 안에 묶어두고, 종교적 판단을 할 때는 과학적 인식·예술적 인식을 괄호 안에 묶어둡니다. 마찬가지로 예술적 반응을 보일 때는 다른 두 가지를 보류시켜요. 그러나 이 태도는 모두 인식의 한 측면을 위한 것일 뿐 그것이 인간의 실존 자체는 아니므로 과학적 혹은 종교적 혹은 예술적 판단이 끝나면 묶어둔 것을 다시 풀어야 합니다. 그런데 괄호 묶기와 풀기를 능동적으로 하다 보면 일종의 변형적 태도라 할 '변태'가 생기기도 해요. 탐미주의는 사디즘이나 매저키즘 같은 변형적 태도의 일종입니다. 저는 그것이 자기가 파괴한 세계를 동경하는 태도를 보인다고 설명했어요. 이게 개인이나 집단의 관계에 미치는 영향은 어떨까요? 바로 여기서 다음 이야기를 합시다.

미와 권력관계

가라타니 고진은 왜 이리도 복잡한 인식론 이야기를 꺼냈을까요? 어쩌면 그는 처음부터 프랑스 작가를 비판하기 위해서라기보다 미와 권력관계를 설명하기 위해서 이야기를 시작했을 거예요. 인간의 삶은 늘 미가 감춰놓은 권력관계 속에서 펼쳐지니까요. 예를 들어볼게요. 1980년대를 풍미한 대본소 만화 중에 『공포의 외인구단』이 있습니다. 주인공 이름이 '까치'예요. 옷차림도 꾀죄죄하고 얼굴도 야윈 데다 도무지 말수가 없는 소년인데, 아이의 눈이 불꽃처럼 타오릅니다. 아주 강렬한 인상을 가졌어요. 이를 동네 아주머니들이 안쓰럽게 생각해요. 어린 나이에 굶고 사니까. 그래서 어느 한 분이 불러서 따끈한 누룽지를 내놓습니다. "애야 배고프겠다. 어서 먹어." 해놓고는 맨날 술독에 빠져 사는 그 아버지를 흉봐요. "너희 아버지는 왜 맨날 저런다니, 쯧쯧." 이때 까치가 곧장 밥그릇을 엎습니다. 어른들의 애환을 알거든요. 그의 아버지는 잘살고 싶고, 자식에게도 잘하고 싶은데, 아무리 발버둥을 쳐도 가난의 굴레를 벗어날 수 없어요. 자식을 보기가 얼마나 괴롭겠습니까? 그걸 맨정신으로 견디기가 힘들어서 날마다 술주정뱅이가 되는 거예요. 그런데 제삼자가 함부로 말하다니!

이런 일이 비단 개인과 개인 사이에서만 벌어지는 것은 아닙니다.

집단과 집단, 국가와 국가 사이에도 일어납니다. 그리고 부유한 나라에서 가난한 나라의 미를 선호할 때 이 같은 현상이 더욱 극명해져요. 서양 열강이 안고 있는 오리엔탈리즘이나 심미주의 같은 것들이 대개 그런 건데, 그들은 타자를 얼핏 동경하는 것처럼 보이지만 실존적으로는 능멸하고 있어요.

가라타니 고진이 굳이 이것을 들춘 이유는 이 뼈아픈 지적을 일본에 대해서도 할 수 있기 때문입니다. 아니, 일본과 한국을 이야기할 때 결코 생략돼서는 안 되는 사안이기 때문이에요. 무엇보다도 당시에 강연을 청해 들은 이들이 바로 이 문제로 정체성을 지켜온 당사자들입니다. 한국의 문학운동은 순수문학과 참여문학 논쟁, 또 리얼리즘과 모더니즘 논쟁, 사대주의 미학과 민족문학 논쟁을 거쳤어요. 그 저류에 흐르는 핵심적인 논란이 제국주의와 토착미학의 대결이죠. 흔히 문학을 얌전한 것으로 알지만 사실은 작가들의 싸움이 검객들의 대결보다 결코 허술하지 않습니다. 펜은 칼보다 강하다는 말이 있지요? 지식인 사회에서 칼은 위협을 상징하는 기호이지만 펜은 승부를 결정짓는 필살의 무기에 속해요. 펜이 휘두르는 것은 완력이 아니라 세계관과 도덕의 힘인데, 조선시대의 지식인들은 이 싸움에서 지면 멸문에 처해졌어요. 중국의 소림사나 일본의 사무라이들보다 조선의 문체반정이 더 치열했습니다. 게다가 일본은 과거에 열강의 태도를 보였는데 지금도 반성하지 않고 있어요.

왜 그럴까요? 그러니까 19세기에 일본이 경험한 정치적 상황은 상당히 아찔한 측면이 없지 않았습니다. 그들은 열강의 식민지가 되는 사태를 피하기 위해 거의 무비판적으로 서양 문명을 받아들였어요. 어떻게 보면 굉장한 노력 끝에 20세기 초엽에 직접 제국주의 국가로서의 위용을 확보한 셈이에요. 저는 『일본근대경제사』라는 책을 펼쳤다가 그들의 내면이 바로 이랬구나 하는 것을 보고 쓴맛을 금치 못한 적이 있습니다. 유럽의 근대가 부흥할 무렵 서구 열강의 위협은 아주 심각했어요. 일본의 지식인들은 처음에 발을 동동 굴렀습니다. 열강이 아시아를 결코 그냥 두지 않을 거야. 이 때문에 매우 긴장했어요. 까닭에 이웃 나라를 향해 아시아의 공조를 외치기도 해요. 우리가 연대하지 않으면 저들에게 먹히니 하루빨리 공생의 틀을 갖추자. 이러다가 힘이 커지자 돌연 침략자로 변해요. 그러니까 일본의 지식인들이 닦아놓은 지적 성찰이 졸지에 정치적 지배무기로 둔갑된 겁니다. '대동아공영권'이라는 개념이 바로 그거예요. 어떤 유형의 도구를 나쁘게 사용하면 나쁜 도구가 되지요? 인식의 도구도 마찬가지입니다. 가라타니 고진은 이것을 특수한 케이스가 아니라고 합니다. 똑같은 일이 미합중국, 이스라엘, 중국, 인도, 독립 후의 베트남에서까지 일어났다는 거예요.

여기에서 베트남까지 그랬다는 말은 시사점이 큽니다. 오랜 역사를 통해 베트남은 언제나 지상 최강의 나라와 싸웠어요. 베트남이 전쟁 없는 시대를 맞게 된 것은 비교적 최근입니다. 중국, 몽골, 프랑스, 일본, 미국 등 그들의 상대가 우리와 거의 같지요? 그래서 한국이 일찍부터 베트남 역사에 관심을 가졌는지 몰라요. 제가 『문익환 평전』을 취재하면서 보니 문익환, 윤동주 등 북간도 명동학교 학생들의 교과목에도 베트남 역사가 들어 있더라고요. 형제 같은 나라였던 거예요. 최근 베트남에 대한 과거사 반성의 시발점이 된 '베트남을 이해하려는 젊은 작가들의 모임'도 그런 맥락에서 출현했다고 볼 수 있는데, 한국의 작가들이 베트남전쟁 때 '한국군의 범죄'에 관심을 갖는 건 너무도 당연합니다. 그런데 여기서 또한 생각할 문제가 베트남은 남을 침략한 적도 있다는 점이에요. 캄보디아가 바라보는 베트남은 우리가 바라보는 베트남과 많이 다릅니다. 한국의 작가 중에 이 문제를 붙들고 활동했던 분도 있어요. 그렇다면 우리는 반드시 베트남의 양민학살에 대해서 반성하지 않으면 안 되지만, 다른 한편으로 캄보디아가 베트남을 비판하는 걸 나쁘다고 할 수도 없습니다. 인류사에는 이와 같은 일이 부지기수로 일어나고 있어요. 그래서 콜로니(식민주의) 또는 콜로니화의 위기에 대한 문제는 거의 모든 작가들의 문제가 아닐 수 없어요.

가라타니 고진은 내셔널리즘이 제국주의적인 것으로 바뀌는 것은 어떤 의미에서 내셔널리즘에 잠재하는 성질에 의한 것일 뿐 결코 특정 국가에만 고유한 문제는 아니라고 말합니다. 그래서 내셔널리즘은 자신들이 약할 때는 건강해 보이지만 힘이 세지면 바로 제국주의로 돌변할 위험성을 안고 있다는 거예요.

예를 들면, 나폴레옹의 점령 하에서 피히테는 말하고 있다. "공간적으로 말해서 이 새로운 시대를 다른 국민의 선구가 되고 모범이 되어 열어간다고 하는 사명은 누구보다도 먼저 독일인들에게 부여되어야 한다는 사실을 우리는 믿고 있다"(『독일 국민에게 고함』). 그러나 어떤 네이션=스테이트도 그처럼 말할 자격이 있으며, 실제로 그렇게 말해왔다.

이만하면 인간의 미적 활동에도 꽤 간고한 권력관계 즉 미와 지배의 폭력관계가 숨어 있다는 걸 알 수 있겠지요?

자, 이제 여기서 가라타니 고진은 강연자인 자신과 청중인 한국 작가들 사이에 벽처럼 놓인 미적 태도 두 개를 제시합니다. 그 하나가 오카쿠라 텐신이에요.

오카쿠라 텐신의 경우

　　오카쿠라 텐신(岡倉天心)은 1862년에 태어나 1913년까지 활동한 일본의 문화비평가입니다. 아마도 일본 근대미학의 형성을 선도했다고 할 만한 미술사가인데, 그는 도쿄대학 문학부 시절에 이미 서양인 교수 페놀로사의 영향으로 동양미술에 눈떴다고 해요. 그러고는 스스로 도쿄미술학교를 세워서 일본 근대미술의 대가들을 양성합니다. 한국으로 치면, 1970년대에 《뿌리 깊은 나무》를 창간하고 우리 문화의 고유한 영토를 발견하여 후학들에게 지대한 영향을 미친 한창기 선생 급의 중요도를 가진 인물이 아닌가 싶어요. 그러한 오카쿠라 텐신을 가라타니 고진은 이렇게 평합니다.

　　오카쿠라는 일본에서 그때까지 예술로 간주되지 않았던 공예품을 예술로 평가하고 또 그것을 아시아 전역에 확산시켜 아시아의 동일성(oneness)을 미술사적인 관점에서 확인했다.

　　예술로 간주되지 않았던 공예품을 예술로서 평가했다는 말은 무엇을 뜻할까요? 말하자면, 저희 어릴 때 시골집 헛간에 걸린 하찮은 대바구니 같은 것들에게서 미학적 가치를 읽고 의미 부여를 시도했다는 뜻일 텐데, 그는 인도 여행을 마친 후 『동양의 이상』이라는 책을 써서 소위 '아시아의 동일성을 미술사적 관점에서 확인'하는 공적을 남겨요. 여기서 '아시아의 동일성'을 '미학적 관점'으로 확인했다는 건 또 무슨 뜻일까요? 제 생각에는 이래요. 한국에서 아시아 미학을 논할 때 반드시 제기되는 문제가 한 마디로 "아시아는 없다"는 명제예요. 기본적으로, 타자와 접촉할 때 발생되는 시선의 탄생이 하나의 정체성을 낳게 됩니다. 그런데 아시아는 근대의 입구에서 거의 모든 나라가 식민지에 처하되, 또한 모두가 제각각 다른 상대에게 침략을 받은 관계로 저항문화 내부의 공통성을 찾기가 쉽지 않습니다. 아시아를 바라보는 시선의 개수가 너무 많았던 거죠. 이 복잡성이 아시아의 정체성과 '아시아 이미지'에 늘 혼선을 만들어냅니다. 특히 우리나라는 생물학적으로 이질성이 크지 않은 일본에게 침략을 받았어요. 이 점은 우리에게 아시아 미학의 공유점을 상상하기 더욱 어렵게 하는 방해 요소가 되었습니다.

제 생각에는 그럼에도 불구하고 아시아에 면면히 흐르는 중요한 공통점이 없지 않아요. 대표적으로 아시아의 거의 모든 민족이 '12간지'를 문화적 근간으로 한다는 점입니다. 예를 들어볼게요. 제가 베트남에 다니던 무렵에 호치민 거리에는 '35'라는 숫자가 적힌 옷을 입은 사람이 많았어요. 꽤 포스트모던한 패션이었어요. 한 번은 그 숫자가 무엇을 의미하느냐 물어봤더니 염소띠를 말한다고 해요. 우리나라는 염소띠라 하지 않고 양띠라고 하지요? 그런데 그 이유를 설명해주는 이가 말하기 전에 한참을 웃어요. 굉장히 익살스러운 해학이 담긴 기호였던 겁니다. 염소떼는 울타리 밖으로 나갈 때 수컷이 통로를 지키고 서 있다가 지나가는 암컷을 모조리 한 차례씩 건드려서 내보낸다고 합니다. 날마다 그렇다니 바람기가 엄청난 셈이죠. 그래서 몇 살이냐고 물었을 때 '서른다섯 살'이라고 답하면 바람둥이라는 뜻이 된다는 겁니다. 하나의 시간 단위가 갖는 특성을 이렇게 동물 이름으로 명명하여 천문학적 움직임에도 나름의 성격이 있음을 상상하게 해주는 풍속은 매우 기발해 보여요. 게다가 아시아가 거의 다 이런 걸 가지고 있다는 점은 참 신기합니다. 중국을 극단적으로 싫어해서 한자 문화를 철저하게 배제하는 몽골 유목민들도 12간지 문화를 사용하거든요. 그렇게 보면 아시아는 영국에게, 일본에게, 또 프랑스에게 지배당한 후에 전통과 풍속이 변이되고 해체되면서 각기 전혀 다른 대륙의 사람처럼 멀어진 측면이 있지만, 그래도 중요한 문화적 근간을 끝내 잃지 않은 겁니다.

그런 예는 또 있어요. 언젠가 고은 시인의 글을 읽다가 그 나라의 자연과 관계가 없는 것은 전통이 아니라는 표현을 본 적이 있어요. 인간의 문화는 자연과 관계를 맺으면서 형성되는 것이니 그 첫 지점을 내포하지 못하는 것은 전통과 관계된 게 아니라고 보는 게 맞을 것 같습니다. 참 예리한 포착인데, 재미있는 것은 그것이 필히 인간의 인식론에도 영향을 미친다는 점이에요. 가령, T.S 엘리엇의 「황무지」는 "4월은 잔인한 달"이라고 노래합니다. 혹시 이 구절이 세계를 대상화시키는 언표이자 주장 혹은 논술 같은 느낌이 들지 않으세요? 맞아요. 이건 세계를 대하는 인간의 감정을 진술하는 유형의 시예요. 당연히 근대적인 겁니다. 그에 비해 우리의 노래 〈봄날은 간다〉는 어떤 느낌이죠? "연분홍 치마가 봄바람에 휘날리더라"에도 무슨 주장이 들어있을까요? 서정적 화자는 그냥 풍경을 바라보고 있을 뿐이에요. 그런데 쓸쓸해요. 청춘도 젊음도 혹은 그 어떤 좋은 것이라도 절대 영원히 머물러 있지 않아요. 우주에서 인간의 시간은 하염없이 사라져갈 뿐입니다. 여기서 시는 아무것도 주장하지 않지만 독자에게는 속절없는 세월에 떠밀려가는 실존의 고독이 몰려오는 거예요. 이 같은 방식을 '관조'라 하는데, 이런 형태의 '바라봄'으로 의미를 전달하는 소위 '말하지 않고 말하기'의 버릇이 서양 사람들에게는 거의 길들여 있지 않습니다. 반면에 아시아의 시인들은 이 형식에 상당히 능란해요. 그렇다면 문화적 동일성을 논해도 되겠죠?

방금 예로 든 사례는 제가 임의로 꼽은 건데, 어쨌든 일본에서는 오카쿠라 텐신이 아시아 문화의 동일성을 발견했다고 말해요. 그렇다면 일본은 침략자지만 이웃들이 미처 생각하지 못한 아시아 고유의 미학에 선구적 자취를 남긴 게 사실이에요. 그런데 이때부터 '매혹 뒤에 숨은 권력'의 문제가 제기되기 시작합니다. 가라타니 고진은 오카쿠라 텐신에게서 그가 미국인 페놀로사의 영향을 받고, 아시아에서 일본 예술의 우위성을 드러낸 점을 지적하면서 '프랑스의 쟈뽀니즘'을 언급해요. 바로 끌로드 시몽이 오에 겐자부로에게 취했던 태도 말이에요. 이때 시몽처럼 이웃의 실존적 고민을 얕잡아본다면 둘은 결코 친구가 될 수 없겠죠? 또한 이렇게 되면 그가 '매혹'이라 생각했던 것이 사실은 '혐오'

의 위장된 얼굴이었다는 점도 부정할 수 없어요. 바로 이렇게 유럽인이 일본인에게 취했던 태도를 오카쿠라 텐신은 일본인으로서 다른 아시아인을 향해서 취했다는 것이 가라타니 고진의 생각이에요. 그는 이를 밝히기 위해서 오카쿠라 텐신이 서양의 산업자본주의에 대해 동양의 수작업으로 대항하려 한 사실을 지적합니다. 문화가, 혹은 미학이 어떤 위대한 힘을 갖는다는 생각은 이미 러스킨한테 있었던 점임을 상기하면서요. 오카쿠라 텐신의 주장을 한 번 볼까요?

> 다도야말로 우리의 '삶의 기술'을 높이 발현시킨 것이다. 만약 일본이 문명국이 되기 위해 소름끼치는 전쟁의 영광에 의거하지 않으면 안 된다고 한다면, 우리는 기꺼이 야만인으로 남겠다. 그리고서 우리의 일상예술과 이상에 걸맞는 존경이 보내질 때까지 기다릴 것이다.
>
> (오카쿠라 텐신, 『차의 책』)

가라타니 고진의 말을 듣기 전에는 저도 생각하지 못한 건데, 서양인은 일본이 다도(茶道)에 열심일 때는 야만국이라 여기다가 만주에서 대살육을 저지르고 나니 문명국이라고 부르게 되었다고 합니다. 세상에! 참으로 통렬한 지적이에요. 오카쿠라 텐신의 책이 일본에서 읽혀지기 시작한 게 1930년대, 일본이 '대동아공영권'을 지향했던 시점임을 상상해보세요. 그가 미학적으로 강조한 '아시아의 동일성'은 사실상 일본의 아시아 지배를 미화하는 이데올로기로서 기능했습니다. 이 사유는 현실 세계에서 심상찮은 폭력을 낳게 돼 있어요. 그의 글을 또 읽어볼게요.

나는 메이지 17년, 페놀로사 및 가노 텟사이와 함께, 절의 승려를 만나 절 문을 열어줄 것을 부탁했다. 승려가 말하기를, '이것을 열면 틀림없이 천둥번 개가 칠 것이다. 메이지 초기, 신불 혼합론이 한창이었을 때 한 번 열었더니, 곧바로 하늘이 어두컴컴해지면서 천둥번개가 쳤다. 그 때문에 사람들은 크게 두려워하며 도중에 그만두었다. 전례가 이처럼 뚜렷한 것이었다'고 하면서 좀처럼 들으려 하지 않았지만, '천둥이라면 우리가 맡겠노라'고 말하고 문을 열기 시작했더니 승려들은 모두들 두려워 떨며 달아났다.

(오카쿠라 텐신, 『일본미술사』)

이게 뭘 의미할까요? 상기 절의 승려에게는 천벌을 받아들이는 것이 세계를 대하는 태도이고 신앙이에요. 그런데 오카쿠라 텐신에게는 그것이 하나의 대상, 즉 그냥 미술 작품입니다. 가라타니 고진은 냉정하게 말해요.

서양에서 교회의 미술품이 예술로 간주되는 것은 낭만파 이후의 일이며, 그 시점에서 비로소 종교가 미적으로 파악되게 된다. 마찬가지로 오카쿠라는 항상 종교(불교)에 대해 언급하는데, 그것은 이미 근대적인 관점 또는 미학적 관점에서 해석된 것이다.

실존의 세계에서 신앙의 대상이 되는 것을 하나의 미술작품으로만 대하는 사람들은 토착민의 '외경(畏敬)'이 미개하다고 생각합니다. 하지만 그런 태도는 토착민 고유의 문화를 한낱 미적 대상으로만 바라보는 실로 무지막지한 폭거라 해야 마땅해요. 가라타니 고진은 그간 조선을 사랑했던 일본인들의 오류가 이와 같다는 겁니다. 또한 이건 한국에서 주변부 아시아 나라들을 여행하는 사람들이 부지기수로 가지고 있는 관점이기도 해요. 전에 어떤 목사가 아프가니스탄을 지목해 불교를 믿는 나라는 모두가 가난하다고 말하는 것을 뉴스에서 본 적이 있습니다. 빌어먹을! 그것은 타자의 종교적인 사고나 관습을 아무렇지도 않게 파괴하는 폭력에 속해요. 국내에서 그러한 일이 행해졌을 때에는 '근대화'라 칭하고 국외에서는 '식민지화'라고 칭합니다. 우리나라도 박정희 정권이 마을마다 있는 성황당, 시골 초가집 같은 것들을 다 쓸어버렸죠. 그게 소위 '조국 근대화'예요.

그렇다면 당연히 그와 맞서는 사람이 없을 수 없어요. 1960년대에 활동한 시인 신동엽은 서구식 근대화를 비판하면서 또 다른 근대, 대안적 근대의 길을 가고자 합니다. 구한말에도 위정척사파가 있고, 그와 대립하는 개화파가 있었지요? 여기서 개화파가 선택한 일본식, 서구식 근대가 아닌 압도적 다수의 민중이 꿈꾸었던 '또 다른 미래'가 동학이 가려던 후천개벽의 길이었습니다. 신동엽은 여기에 주목하여 "사월도 알맹이만 남고 껍데기는 가라"고 하고, 자신이 알맹이라고 했던 것을 장편서사시로 써요. 그게 4,800행짜리 시 「금강」이에요. 바로 이 시인이 1969년에 서른아홉 살의 나이로 죽었을 때 아내 인병선에게는 자녀가 셋이나 있었어요. 앞이 캄캄했겠죠? 한동안 슬퍼하다가 부랴부랴 생활전선에 뛰어든 것이 출판사 편집부 근무였다 합니다. 그런데 라디오에서 자꾸 새마을운동 소식이 흘러나와요. 마을길도 넓히고, 초가지붕도 없애고, 또 당산나무며 성황당 따위는 미신이라 하여 척결 대상 제1호가 되었어요. 인병선은 이를 문화적 재앙이라 보았어요. 그래서 카메라를 구해 농경문화가 파괴되는 현장들을 찾아다니며 사진으로 찍고 기록하는 거예요. 그 결과가 지금 서울 혜화동에 있는 '짚풀생활사박물관'입니다. 아버지 인정식은 농업경제학자였고, 남편 신동엽은 전경인 사상을 노래한 시인이에요. 근대 산업사회를 향해 문명이 대지를 이탈하면 그 속의 인간은 '맹목기능자'들이 된다는 염려를 했다는 점이 두 사람의 공통점이겠죠.

다시 가라타니 고진의 자리로 돌아와 말하자면, 미술사학자 입장에서는 대상을 미술품으로 간주하는 것이 당연해요. 그 자체가 문제인 것은 아닙니다. 그런데 미술품을 가지고 있는 사람들은 그것이 미술작품이라서 소중한 것이 아니라 존재의 문화적 맥락을 형성하는 것이기 때문에 소중한 것이에요. 그들에게 그것은 미술작품에 앞서 신앙의 대상이거나 삶의 일부입니다. 만일 그것을 하나의 작품으로 관찰한 사람은, 그 관찰이 끝나고 나서 곧장 미적 태도를 본래의 자리로 되돌려 놓아야 해요. 가라타니 고진의 말대로 미술작품으로 간주한 뒤에는 괄호로 묶어났던 것을 풀어야 한단 말이에요. 그렇지 않으면 상대를 얕잡아보거나 함부로 동정하는 자기기만을 드러내게 되어 있어요.

야나기 무네요시의 경우

　미와 권력의 관계에 대한 인식에서 오카쿠라 텐신보다 진일보한 인물이 야나기 무네요시입니다. 야나기 무네요시라는 이름은 눈에 익을 거예요. 우리나라 거의 모든 종류의 문고본에 이 분 책이 들어있습니다. 한자로 표기하면 유종렬(柳宗悅)인데, 저는 학창시절에 참고서에서 이름을 보고 한국인인 줄 알았어요. 교과서에서는 '한국의 미는 곡선의 미'라고 가르쳤지만 일본의 종교철학자이자 민예연구가입니다. 메이지 말기 문예잡지 《시라카바》를 중심으로 하는 문학운동파로 종교와 예술에 관한 평론을 발표했어요. 우리에게는 경복궁에 조선미술관을 설립하여 민예품 발굴에 힘썼던 분으로 더 알려져 있습니다. 가라타니 고진은 이렇게 설명해요.

　야나기 무네요시는 오카쿠라의 사후 다이쇼 시대, 즉 한일합방이 나타내는 것처럼 일본이 노골적으로 제국주의를 향해 나아감과 동시에 다른 한편으로 국내에서는 휴머니즘이나 데모크라시가 번성한 것처럼 보이는 시대에 활동한다. (중략) 그러나 그의 업적 중에 가장 주목해야할 것은 일본에 있어서의 민예운동보다도 오히려 한국의 민예품의 '발견'일 것이다.

야나기 무네요시가 한국의 민예품에 대한 미학적 성찰을 촉발시켰다는 얘기예요. 가령, 그가 쓴 『전라도 기행』은 한반도 남쪽의 시골 장터를 돌면서 본 물건들이 어떻게 미학적 가치를 갖는지, 또 거기에 새겨진 조선 민중의 미적 감수성이 어떤 특성을 갖는지를 돌이켜보게 했습니다. 그는 이렇게 우리 미학을 규명하는 일에 기여했을 뿐만 아니라 일본인임에도 조선 것에 더 큰 애정을 보였어요. 그의 조선 사랑은 의심할 여지가 없습니다. 그러나 가라타니 고진은 그렇게 보지 않아요. 야나기 무네요시가 조선의 민예를 발명했다고 말하는 것은 사실상 일본의 예술을 발명한 이가 페놀로사였다고 말하는 것과 같다는 겁니다. 비록 페놀로사에 의해 일본의 예술품들이 조명되기 시작하지만 그렇다고 해서 그가 일본의 미학을 발명했다고 말하는 것은 지나친 사대적 관점이겠지요.

그렇다고 해도 야나기 무네요시가 조선에 대해 취한 태도는 흠잡을 데가 별로 없어 보입니다. 오카쿠라 텐신과 달리 미적 태도뿐 아니라 윤리적 태도 역시 가지고 있었고, 조선의 미학뿐 아니라 조선의 정치현실에도 관심이 커서 일본의 침략을 부당하다고 주장했어요. 그런데 한편으로 생각해보면, 이 말도 안 되는 상식적인 판단을 우리는 일본인이 그랬다는 것만으로 엄청나고 대단한 것으로 평가해야 될까요? 도대체 어떤 민족이 다른 민족을 동화시킬 수 있는가 아닌가 하는 점은 오늘날의 시민들에게는 물어볼 필요도 없는 질문입니다. 초등학생이면 누구나 인간의 존엄성을 함부로 짓밟아서는 안 된다는 걸 알아요. 그런데 현실 속에는 분명히 그렇지 못한 뒷골목의 세계가 있습니다. 예를 들어 저희 학창시절에 머리카락이 길면 이발을 해요. 그건 아무 문제도 아니에요. 하지만 선생님이 불러다가 바리캉으로 밀어버리면 굉장히 치욕스러운 감정이 생깁니다. 그런데 선생님은 이걸 잘 모를 수도 있어요. 사람이 머리를 길면 깎아야 하는 것이 당연한 일이니, 자신이 학생에게 바리캉을 대는 것도 어쩌면 그 학생에게 좋은 일일 수 있다고 생각하고 만다는 겁니다. 지금 가라타니 고진은 그 점을 철학적으로 설명하고 있어요. 가만히 보면 야나기 무네요시도 좀 헛갈리는 바가 없지 않습니다. 그러니까 조선 사람을 '나와 다른 타자이기 때문에 내가 마음대로 하면 안 된다'고 생각한 것이 아니라 조선 사람들이 위대한 미를 가지고 있기 때문에 일본이 마음대로 하면 안 된다고 생각한 겁니다. 지금 별로 이상하지 않은 말을 까다롭게 읽어가며 트집 잡는 건가요? 세상의 모든 존재는 어떤 측면이 뛰어나기 때문에 존중받아야 하는 것이 아니라 그냥 존재 하나하나가 독자적이기 때문에 존중받아야 해요. 이 문제를 조금 더 헤치고 들어가 볼게요.

사람들은 '미'를 위해서, 또는 '미'에 의거해 살아가고 있는 것은 아니다. 실제로 야나기는 민예품을 상품생산으로 간주했고, 그 질을 요구했다. 하지만 그는 일본의 산업자본주의에 지배당한 한국에서 유일한 생산품으로서의 민예품에 의거해서 한국인이 대항할 수 있다고 생각한 것일까. 예를 들면 야나기는 한국인이 폭력에 의해 독립을 획득하려 한 일을 부정했다.

야나기 무네요시는 '안중근은 테러리스트다. 테러리즘은 나쁘다' 하는 생각을 가지고 있었던 거예요. 위대한 미를 가지고 있는 조선인이 어떻게 그런 야만적 행위를 저지를 수 있어? 그런데 사실 그가 평가한 민예품들은 미학적 가치를 실현하기 위해서 태어난 것이 아니고 조선의 역사 속에서 삶의 절실성 때문에 생산된 것입니다. 그 절실성이 무엇보다 소중해요. 그건 이를테면 이런 거예요. 1894년에 동학농민혁명이 일어나죠. 농민들이 죽창을 깎습니다. 대나무가 아름답기 때문에 깎은 것이 아니고 무기가 없으니까 깎은 거예요. 그런데 이걸 지니고 다니다 보면 이왕이면 고운 게 더 좋으니까 손질도 하겠지요. 구태여 그런 가정을 해보는 것 자체가 모욕적일 수 있는데, 예컨대 솜씨 좋은 사람이 깎은 죽창은 낫이 지나간 흔적도 더 예쁘지 않겠어요? 근데 죽창이 예쁘다고 적을 쉽게 무찌를 수 있는 것은 아닙니다. 조선에서 죽창을 들었던 십만 농민군을 일본군 삼십여 명이 독일제 대포로 진압해요. 그렇다면 '죽창의 아름다움'은 침략에 맞서는 대안이 아닙니다. 부당한 탄압과 폭력적 지배를 하는 사람이 있으면 무장투쟁을 불사하고 저항하는 사람들이 생겨날 수밖에 없죠. 그것을 폭력적이고 야만적이라고 생각하는 사람과 어떻게 인생을 논할 수 있겠어요? 가라타니 고진은 그것을 말해요.

한국인의 독립운동이 폭력적이 되고 공업 지향적이 되는 것은 당연한 일이며, 그 이외의 방법은 있을 수 없다. 그것이 미적이지 않았다 하더라도 어쩔 수 없는 것이다.

이 같은 일은 지금 우리 시대의 사람들에게도 부지기수로 일어납니다. 우리가 몽골 초원에 가서 "여기에 고속도로가 깔리면 큰일 나. 초원은 인류의 마지막 허파야. 당신들은 이를 반드시 간직해야 돼." 하고 말하는 것은 우리가 여행자 신분을 누리는 한 모두 자기기만에 속합니다. 초원이 중요하다면 이를 지키는 일은 바로 자신부터 실천해야죠. 나는 세계를 파괴시키면서 누릴 테니까, 당신들은 불편을 참고 견디면서 이를 지키라고 하면 안 되죠. 이 같은 태도는 미적 인식에 충실해지는 게 아니라 오히려 미의 문제를 왜곡하는 결과를 초래합니다. 그런 예로, 야나기 무네요시는 조선 미의 특징이 애상, 비애에 있다고 했어요. 그것은 일본인의 시각에서 논평해보는 감상적 독단에 지나지 않습니다. 식민지의 지배자가 약소민족을 향한 동정의 눈길을 거두지 못한 거죠. 비록 일본인으로서는 예외적으로 조선을 사랑하고 일본의 지배에 대한 항의를 한 사람이라도 그의 발상이 '미적 태도'에 갇혀 헤어나지 못하게 되면 조선인의 비판을 피할 수가 없어요. 가라타니 고진은 말합니다.

내가 지적할 것까지도 없이 야나기의 『조선과 그 예술』이 한국에서 출판되었을 때, 한국 지식인들의 집중적인 비판이 쏟아졌다. 예를 들면 민인구는 "한국의 예술을 두고 애상의 미라고 말하는 것은 잘못된 일이며, 오히려 낙관의 예술이라고 봐야 한다"고 말하고 있다. 또, 김형은 "야나기의 예술론이 전형적인 식민지사관의 한 변형이라고 하는 것은, 많은 논자들에 의해 지적된 바 있다"고 말하고 있다.

왜 이렇게 됐을까요? 야나기 무네요시는 결국 "한국인들이여. 우리가 당신들에게 기대하는 것은 일본을 위협하는 경제적 발전이 아니라 저 고려청자가 우리에게 준 경이를 느끼게 해주는 일이다." 이렇게 말한 격이 되고 말았어요. 이게 심미주의가 가지고 있는 한계입니다.

예술과 정치의 통일

'미'를 독자적이고 절대적인 것으로 떼어내서 바라보면 오류가 생겨요. 예술을 이끄는 것은 매혹이야. 매혹이 아닌 것은 의미가 없어, 하는 태도는 언제나 파시즘에게 이용당했어요. 그래서 가라타니 고진은 심미주의를 미학적 근본주의라고 말합니다.

> 심미주의의 결함은 괄호를 제거시키는 일을 잊어버리고 마는 일이다. 그러나 그것은 심미주의만의 결함이 아니다. 과학주의도, 원리적 도덕주의도 마찬가지인 것이다.

모든 근본주의는 언제나 쉽고 명쾌하지만 또 언제나 위험합니다. 그로 인해 인간의 역사는 얼마나 참혹해지는지 몰라요. 캄보디아의 '킬링필드'도 그러한 예입니다. 저는 학살의 책임자 폴 포트가 농본주의자였다는 말을 처음 들을 때 눈앞이 아득하데요. 어릴 때부터 성정도 온순하고 정의로운 활동에 뛰어들었다는 사람이 감히 그런 일을 할 수 있다는 데 '인식적 오류'의 무서움이 있어요. 아마도 그는 가난한 나라에서 유럽 유학까지 가서 공부하면서 근대문명의 폭력성에 치를 떨었던가 봐요. 그래서 인디언이 서부 개척자를 대하듯이 근대 산업문명의 종사자들을 혐오했던 건 아닌지, 하여튼 지도자가 되고 나서 농업의 대지를 오염시키는 근대화 분자들을 죄다 처형해 버립니다. 산업사회적 미학, 유럽적 가치관 따위를 묻혀서 들여온 과학자, 예술가, 지식인들을 모두 없애버리는 거예요. 심미주의자도 얼마든지 파시즘의 함정에 빠질 수 있습니다.

가라타니 고진이 한국 작가들 앞에서 에드워드 사이드의 '오리엔탈리즘' 이야기를 이렇게 장황하게 펼친 이유는 결론에 나와 있습니다.

그것은 오리엔트의 사회를 상대화하는 일을 일반적으로 금하는 일은 아니다. 또한 그것은 오리엔트에 대해 말할 자격이 있는 것은 오리엔트뿐이라고 하고 있는 것도 아니다. 오히려 사이드가 말하고 싶은 것은 그 반대다. 그는 서양의 지배와 싸우면서 동시에 아랍사회의 전통적인 지배와 싸워왔다. 그가 말하고 싶은 것은 타자가 존재한다고 하는 사실, 즉 인식대상물도 미적 대상물도 결코 되지 않는 개개의 인간들이 존재한다고 하는 일이며, 그것을 억압하는 일에 대해-그것이 서양이건 오리엔트이건- 계속해서 싸워나갈 것이라는 것이다.

가슴에 닿는 바가 없지 않죠? 에드워드 사이드는 서양, 특히 미국에서 팔레스타인을 무시하는 세력들과 맹렬히 싸우기도 했지만, 팔레스타인 사회 내부의 부당한 폭력, 부당한 권위와도 같은 강도로 싸웠습니다. 그에게 중요한 것은 우리 편이냐 아니냐가 아니라 타자를 보는 눈이 부당한가 그렇지 않은가 하는 문제였어요. 이를 가라타니 고진이 애써 강조한 까닭은 일본 내부에서도 제국주의와 싸우는 사람이 있고, 일본에게 침략당한 한국에도 제국주의적 태도를 가진 자들이 존재한다는 점에 있어요. 자신은 사이드와 같은 태도를 존중한다는 뜻이 숨어 있기도 하죠. 또한 한국과 일본을 가리지 않고 실존적 존재가 지닌 고뇌의 맥락을 제거시키는 탐미주의자의 태도에서 파시즘의 그림자를 읽는다는 말이기도 할 것입니다.

그런데 이 얘기를 나누다 보니 어느새 세상의 작가들이 국적, 민족, 소속 공동체는 다르지만 결국은 같은 길을 가는 자, 즉 특정한 대지를 함께 사용하는 자가 아닌가 생각하게 돼요. 작가들이 이런 문제를 놓치지 않아야 하는 이유는 문학이 목매달고 있는 지상의 개체들이 모두 세계를 혼자 차지하고 사는 게 아니기 때문입니다. 내가 억울하지 않아야 한다면 나와 더불어 사는 것들도 똑같이 억울하지 않아야 하겠죠. 문학은 바로 그런 일을 본류로 삼습니다. 작가란 허명을 쫓거나 공리공론을 일삼으며 허깨비 같은 여기(餘技)를 즐기는 이들이 아니에요. 그들은 생생한 삶의 세계를 기록하고 있고, 또한 그 때문에 그들의 미적 태도는 항상 존재의 윤리와 결부되어 있습니다. 합리주의와 합목적성의 햇빛을 받으면 쉽게 소멸되는 것, 가령, 풍속이나 신앙, 욕망이나 본능, 감정적이고 감각적이며, 원초적이고 미개하며, 카오스적이고 음산하며, 거룩하고 영적인, 이런 이(理) 바깥의 것들이 운동하는 곳, 그래서 이곳은 정치의 세계, 역사의 세계, 학문의 세계, 혈통이나 학통의 세계를 걸어가는 여행자들이 들어설 수 없어요. 이곳에서는 오히려 실패한 자나 좌절한 사람의 절망이 각광을 받아요. 존재의 저 뒤쪽 어디에서 소리 없이 들려오는 감정의 순결성을 서슴없이 따른 비(非)체제적 의사·열사·지사, 또 요절한 천재, 나아가 세속 사회에 한을 남긴 약자·패자를 위한 통곡·의분 등 모종(某種)의 도덕지향적인 아픔이 그 주식(主食)이기 때문에 김시습이나 김삿갓 같은 광인(狂人)을 가장한 일탈자들이 경외됩니다. 그래서 미라던가 추라던가 하는 감정이 권력이나 부와 결합되는 것만으로는 아무런 상처도 입지 않지만, 그것이 권력과 부와 어떻게 결합되는가에 따라서 윤리적으로 큰 손상을 입기도 해요. 한반도는 항상 심각한 위기 상황에 있었던 탓에 한국에서는 미와 윤리가 괴리되는 것에 사람들이 무척 예민했어요.

이제 여기서 제가 하고 싶은 이야기를 할게요. 가라타니 고진은 〈미와 지배〉라는 강연에서 미적 태도와 윤리적 태도가 충돌되는 양상을 살폈습니다. 작가가 무엇을 먹고 살아야 하는지를 바로 이곳에서 찾고자 했던 거예요. 그에 대해 청중들은 확고한 태도를 가지고 있었다고 봅니다. 그래서 연사에게 감동받았다기보다 공감하는 것으로 매혹 뒤에 은폐된 권력의 의혹 하나를 그에게서 거둬들였어요. 저는 이를 한국문학이 다져온 탄탄한 내공(內功) 덕분이라고 생각합니다. 이제 그걸 말해볼게요.

제가 문단에 나와서 가장 강렬하게 들었던 말은 '작가의 조국은 모국어'라는 명제였습니다. 작가가 모국어의 운명을 산다는 말에서 전해

오는 울림은 미적 태도와 윤리적 태도가 겪는 불화를 장쾌하게 걷어버리는 경이롭고 감동적인 어떤 '독트린' 같았어요. 저는 바로 이것이 한국문학의 영혼을 이끌면서 우리의 지성을 세상사 속으로 널리 확장시키는 역할을 했다고 봐요. 그것은 아마도 제가 태어나기 전부터 형성돼 있던 한국문학의 전통이었을 거예요. 가령,

　　이광수, 염상섭 시대의 작품을 읽어보면 우리말이 문학 언어로서 아직 미숙하고 초보적인 상태에 있었음을 알 수 있어요. 장구한 세월 한문의 지배가 계속되었고 우리말은 주로 구비적인 형태를 취했기 때문에 부득이했다고 할 수 있습니다. 요컨대 1900년대는 한국어가 근대적인 문학 언어로 막 출발하는 단계에 있었어요. 이광수는 염상섭이나 김동인보다 훨씬 능숙한 언어를 사용했어요. 한국어를 문학적 언어로 연마하는 과정에서 이광수는 개척자적인 공적을 이룩했다고 생각합니다.

　　　　　　　　　　　　　　　　　　(염무웅, 『문학과의 동행』, 374~375쪽)

이 같은 발언은 『소니의 블루스』를 쓴 흑인작가 제임스 볼드윈이 『오셀로』에서 인종차별을 느끼고 백안시했던 세익스피어를 훗날 망명을 떠나서야 비로소 자신의 언어에 대한 개척자로 재발견했던 순간을 연상케 합니다. 한국문학의 선행 세대들의 가슴에 담긴 이 숭고한 모국어의식은 우리에게 문학의 숙명에 대한 인식을 점화시키고, 그리 오래지 않은 식민지 시절의 추억담을 더욱 절실하게 만들어요. 고은 시인도

이 점을 강조한 적이 있어요.

> 일본어 이쪽에서 우리 모국어는 낡고 못난 것으로 버림받고 지극히 불온한 것으로 짓밟혔어. 아예 조선어는 조선 지방의 낡은 사투리라고 여겼고, 어느 때는 더 이상 숨을 쉴 수 없는 임종 직전의 위기에도 처했으나 끝내 사어(死語)가 되지 않고 우리 언어로 계승되었다네.
>
> (고은, 『두 세기의 달빛』, 302쪽)

그래서 그 시절의 작가들이 1945년 8월 15일을 '정치로서의 해방'이 아니라 '모국어 해방'이었다고 말하는 대목에 이르면 저도 몰래 가슴이 뜁니다. 제가 아는 훌륭한 문학은 모두 그 같은 '운명의 자각' 속에서 태어난 것이었어요. 물론 '모국어 해방'이 '정치로서의 해방'과 별도로 존재하는 것은 아니에요. 하나의 언어는 출현하는 것 자체로서 이미 정치가 되거든요. 그래서 염무웅은 다시 말합니다.

> 예술가는 자유로우면 자유로울수록 시대현실에 깊이 연루될 수밖에 없다고 생각합니다. (중략) 윤동주와 신동엽의 시를 단지 쉽다는 말로 설명하는 것은 그들이 시에서 행한 사유의 깊이, 세상과 대결한 자세의 진정성을 외면하는 것입니다.

선배 작가들이 고수한 이 같은 '미의식'은 한국 문학사의 궤적이 심미주의에 매몰되지 않도록 견인해왔어요. 그 연장선에서 한국현대사의 수난을 결코 벗어나서는 안 되었던 한 작가의 자전을 담은 『수인』은 황석영의 삶이 원고지가 아니라 모국어의 대지를 가로지르는 혈투 속에서 전개되었음을 보여줘요. 그가 방북 때 밝힌 소감 "분단시대의 작가로서 마지막 콤플렉스를 극복했다"는 말도, 또한 사석에서 자꾸 "나는 역사라는 엄처시하를 떠날 수 없었다"는 말도 모두 그의 모국어정신의 크기를 증명하는 것입니다. 저는 이를 미적 태도와 윤리적 태도가 괴리되지 않는 '예술과 정치의 통일' 현상이라고 봐요. 그렇다면 가라타니 고진이 팔레스티나에서 게릴라와 함께 투쟁했던 『도둑일기』의 작가 장 주네에게서도 보았다고 말했던 한계, 즉 미적 태도와 윤리적 태도의 혼동을 한국문학은 훌륭히 극복한 사례를 아주 많이 가지고 있다고 해도 되지 않을까요? 이 이야기는 일단 여기까지 하겠습니다.

2장

이성의 제국을 탈주하는 언어들

아득한 산은 보이기는 하지만 어느 곳인지 알 수는 없네.

지는 저녁노을의 희미한 빛과 함께 기러기 떼가 끊어진다.

긴 세월 강과 바다는 물이 성하여 얕지 않고

가득 찬 돛단배들이 비바람을 뚫고 달린다.

어때요? 시 좋지요? 그런데 이건 시가 아닙니다. 지금으로부터 천
년 전 중국의 산수화가 곽희의 창작 습관을 소개하면서 당대 예술가들
이 심미적 내공을 어떻게 쌓았는지를 설명한 옛 글인데, 저는 이 대목
을 동문선에서 출판한 『중국예술정신』에서 가져왔어요. 왜냐하면 천
년쯤 전에는 예술 창작에 임하는 것이 수양에 속했기 때문입니다.

인류는 오랫동안 예술가의 창작 행위가 자연과 하나가 되는 길이고
몸과 마음이 깨끗해지며 머리가 맑아지는 시대를 살았습니다. 그런데
근대를 맞으면서 돌연 양상이 달라져요. 현대에는 예술정신이 충일할
수록 사회적 교양과 충돌하고 자기의 시대상황과 불화하는 경향을 보
입니다. 아마도 그 절정에 있는 것이 시일 거예요. 시를 쓰는 일이 옛날
에는 자연의 조화와 세계의 비밀을 읽어내는 일이었던지라 선사(禪師)
들의 득도 과정에도 시가 개입돼 있었어요. 가령, 경허 스님이 남긴 사
유의 흔적들은 구구절절이 시가 곧 '존재를 성숙시키는 도구'였음을 실

감나게 합니다. 그런데 근대 이후에는 예술과 삶의 관계가 굉장히 사나워지고 말아요. 현대시의 무엇이 예민한 시인들을 이렇게 천재와 광기를 흩뿌리는 괴짜로 만들었을까요? 저는 이제부터 현대시가 형성되는 경로와 치열한 시인들의 미학적 고투 과정을 살펴볼까 합니다.

'낯설게 하기'의 다른 길

먼저, '낯설게 하기'라는 말은 들었죠? 시 공부를 할 때 가장 많이 듣는 낱말의 하나일 거예요. 흔히 인간의 의식이 식상한 상태에 빠질 때 "초심으로 돌아가라"는 말을 하는데, 그 말이 바로 이거예요. 처음 대하는 것은 낯선 것이니 초심이란 낯설게 만드는 것을 가리켜요. 매너리즘의 반대편을 뜻합니다. 이게 왜 중요하냐면, 입맞춤을 처음 했던 기억이 있지요? 첫 입맞춤에는 심장은 물론 머리에서 발끝까지 떨리는 체험이 담기기 마련입니다. 입맞춤이라는 행위 자체에 존재를 요동치게 하는 마술적 떨림이 담겨 있어요. 그런데 이를 반복하다 보면 아침에 출근할 때 입맞춤을 했는지 안 했는지도 기억이 나지 않을 만큼 변하게 돼요. 입맞춤의 매너리즘이 거기에 담긴 떨림의 감정을 훔쳐서 어디로 달아나버리는 거예요. 그렇게 되면 이 중대한 행위가 우리의 삶에서 없었던 일과 똑같이 되고 말아요. 우리가 아무리 열심히 살아도 삶의 시간들은 잠시만 긴장을 풀면 그 중요한 토막들을 감쪽같이 무의식의 세계로 데려가 버리곤 합니다. 그런 현상이 생겨나는 배경을 이렇게 생각하면 이해하기가 쉬워요. 축구 경기를 시작할 때 공이 처음에는 경기장 한복판에 놓여 있다가 심판이 호루라기를 불면 움직이게 됩니다. 그런데 한 번 움직인 공은 다시는 제자리로 돌아오지 않아요. 어쩌다

공이 그 자리를 지나치는 수가 있지만 그것은 경기를 시작할 때의 '그 자리'가 아니에요. 축구공이 제자리로 돌아오는 일은 경기가 끝난 이후에나 가능하니 그것은 이미 다음 경기가 되는 거죠. 결국 축구 경기장 안에는 하나의 원판이 존재하는 게 아니라 처음부터 끝까지 모든 변화들이 다 낯설기 그지없는 원판의 집적체이고 관중들은 그 흥미진진한 변화들을 보게 되는 겁니다. 인간의 삶을 구성하는 시간들이 바로 이와 같아요.

삶의 시간은 한 번 태어나면 죽을 때까지 강물처럼 어딘가로 계속 떠내려갈 뿐 한순간도 그냥 머물러 있거나 제자리로 다시 오지 않습니다. 그런데 뜻밖에도 이런 자명한 사실이 인지되지 않을 때가 있습니다. 개가 냄새를 잘 맡고, 개미가 제 몸무게의 열여섯 배나 되는 물체를 운반하며, 거미가 제 몸으로 실을 뽑는 능력을 갖듯이 인간은 아주 뛰어난 이성의 기능을 부여받았어요. 그래서 세계를 잘 읽는가 하면 상황 파악도 예리하게 하고, 상상력이 현실을 앞지르기도 해요. 과거의 기억을 이용해 미래를 마치 이미 겪은 일처럼 분석하기도 합니다. 그러다 보니 본의 아니게 상당히 건방진 생명체가 될 때가 많아요. 가령, "한강은 푸르다" 하고 확신을 갖고 속단해도 사실은 그가 보았던 물은 예전에 흘러가버리고 당장 눈앞에서는 전혀 다른 물이 흐르고 있습니다. 만약에 물이 사람이었다면 당신이 나를 언제 봤다고 푸르다 검다 하느냐고 따질지도 몰라요. 실제로 중국의 산수화가가 관찰한 강물은 봄에는 녹색, 여름에는 벽옥색, 가을에는 푸른색, 겨울에는 검은빛을 하고 있습니다. 누군가가 바라본 저녁노을도 마찬가지예요. 모든 것은 흘러가고 눈앞에 있는 것은 늘 새것인데 이를 지난날의 것과 똑같은 것으로 여기는 '생각의 관성'을 우리는 어떻게 극복해야 할까요? 바로 이 오류를 깨뜨리는 것, 그래서 인간의 생명이 낡고 무의미한 것이 되지 않게 무한히 감각을 일깨우는 행위를 예술에서 '낯설게 하기'라고 합니다. 어떤 관성의 장막을 걷어내고 마치 세상을 처음 대하는 것처럼, 그리하여 최초의 떨림을 되찾는 것처럼 실감을 일깨우는 일에 예술이 사활을 걸다시피 하는 게 바로 '낯설게 하기'예요.

　여기서 우리가 경각심을 가져야 할 문제가 있습니다. 매 순간이 언제나 첫 번째인데 그것이 여러 번 반복돼 온 것처럼 권태를 느끼는 일은 개인에게만 생기는 게 아니라 집단의 역사에서도 생기고 문명 안에서도 생겨요. 그래서 '나를 비우자' 하는 의지가 필요해집니다. 안 그러면 어떻게 되는지 볼까요? 소싯적에 '벌거숭이 임금님' 이야기를 들었죠? 사치스러운 임금님을 신하들이 속여서 나쁜 사람의 눈에는 보이지 않는다는 거짓 옷을 입혀요. 그래서 지체 높은 임금님이 우스갯거리가 되었는데, 주변의 어른들이 몸조심들을 하느라 아무도 벌거벗었다고 말하지 못합니다. 그런데 순진무구한 아이는 보이는 대로 말할 수밖에 없어요. 어른들에게는 권력에 대한 두려움이 학습돼 있기 때문에 머리가 복잡해서 눈앞을 바로 볼 여지가 없습니다. 이걸 구원할 사람은 당연히 아이이겠죠? 이런 걸 보면 '성숙하다'는 것이 '미숙을 벗어났다'는 사실은 되지만 그 자체로 훌륭해지는 것은 아니에요. 반대로 그것은 혼탁해졌다는 것을 의미하기도 합니다. 현대시의 역사를 살핀다는 것은 바로 이 같은 일, 즉 '낯설게 하기'의 역사를 살핀다는 것을 의미한다고 볼 수 있어요.

물론 시가 일방통행으로 그 길을 걸어온 것은 아닙니다. '낯설게 하기'를 대하는 태도에도 여러 종류가 있어요. 제 생각에는 이 문제를 잘 이해해야 한국문단도 쉽게 이해됩니다. 우리가 일제 강점기를 벗어난 것이 1945년이죠? 이때부터 한국전쟁 이전까지를 해방공간이라고 합니다. 이 시기의 갈등이 전쟁으로 비화되고 나서 남한이나 북한, 혹은 대한민국이나 조선의 문학이 시작되죠. 그래서 우리가 아는 한국문학은 전후세대의 문학으로 시작되는 것이나 다름없어요. 참혹한 전쟁을 겪은 세대가 자칭 전후세대라 말하며 가장 애용했던 용어가 '역사의 영점', '폐허'와 같은 '자기 비우기'에 속하는 말들이에요. 혹시 여기서 떠오르는 철학사조가 있지 않으세요? 맞아요. '자기 비우기' 때문에 생겨난 철학이 바로 실존주의예요. 왜냐하면 전후복구세대가 경험으로 안고 있는 전쟁 체험의 악몽 때문인데, 이제 새 건물을 지으려면 공터가 있어야지 낡은 건물이 가득 차 있으면 도대체 새로운 일을 할 수가 없습니다. 문학도 마찬가지여서 '자아'라는 항아리에 무엇이 가득 차 있으면 새 것을 담을 수 없으니 이걸 비우자 하는 것이 당시 문학사조였어요. 때마침 제2차 세계대전을 겪은 유럽문학의 모델이 전파되고 있어서 사르트르와 까뮈로 상징되는 이른바 실존주의 문학이 한국의 지식인들을 사로잡습니다. 그 첫 세대가 활동했던 문학 장이 '현대문학'

이었어요. 그러다가 4.19 세대들이 등장하면서 '창비'와 '문지'의 시대가 열리고 그 내용이 심화되는데, 이들의 영향력이 어쩌면 1970년대부터 지금까지 계속된다고 볼 수 있어요. 1990년대 이후에 '문학동네'가 출현해서 공기가 달라지기는 하지만 그렇다고 미학적 지도력의 근원이 바뀌는 건 아닙니다. 이제 그 설명을 할게요.

'현대'라는 극장

　다시 말하지만 우리 문학 장의 바탕을 이루는 것은 실존주의입니다. 그것이 얼마 안 되어서 두 가지의 경향으로 나뉘는데 그럴 수밖에 없는 까닭이 있어요. 아까 항아리를 가득 채워놓으면 무언가를 담을 수 없다고 했지요? 이는 예술적 상태가 아닙니다. 어떤 유형의 관념과 논리체계가 가로막고 있어서 인간의 감수성이 정직하게 작동되지를 않아요. 그래서 마음의 항아리를 비워야 비가 오면 빗방울이 들고, 노을이 지면 노을이 고일 자리가 생기죠. 그런데 자기를 비우고 역사의 '원점' 상태로 돌아간다고 합시다. 인간의 감성을 아기처럼 순결한 상태로 만들면 좋지요. 천진난만하고 순수해지니까요. 그런데 그러다 보면 사회적으로 문제가 발생하지 않을까요? 철이 들지 않잖아요. 이웃과 더불어 살려면 웃고 싶어도 참고 불편해도 견디는 성숙한 태도가 반드시 필요해요. '절대적 순수' 상태가 역사 속에서 어떤 유형의 폭력 혹은 파쇼 같은 것들과 같은 편이 되었던 사례는 많습니다. 지난번에 오리엔탈리즘 이야기를 하면서 가라타니 고진이 탐미주의를 논파한 이유도 여기에 있어요.

　그렇습니다. 문명이 발전할수록 인간은 고립감 속에 놓입니다. 정보통신기술의 발달에 의해 정치와 경제, 사상과 문화에 이르기까지 국경을 초월해서 한 덩어리가 되면 모두가 첨단기술과 커뮤니케이션으로 촘촘하게 연결되는 것처럼 보여요. 하지만 자기 그 속에 자기를 중심으로 모든 것을 재단하는 자아가 있다면 타자 속에도 동일한 자아가 있어요. 그리하여 모든 존재가 독립되면 사회는 종잡을 수 없는 '자아들의 무리'가 되고 맙니다. 그리고 각각의 자아가 제멋대로 세계상을 그리면서 자기와 타자의 공존을 성립할 수 없게 해요. 이 때문에 존재에게는 윤리적 질문이 필요하죠. 즉 '더불어 살 수 있는 길'이 끝없이 모색되어야 하는 겁니다. 그런데 그렇다면 윤리의식이 채워지는데 존재가 비워질 수 있을까요? 여기서 사르트르 파와 까뮈 파의 의견이 갈립니다. 사르트르 파가 실존의 윤리를 고민한다면 까뮈 파는 절대 순수에 집착한다고나 할까요? 하여튼 서로 다른 두 경향성의 공통점은 '자기 비우기'인데 하나는 비우는 자의 윤리에 관심을 갖고 다른 하나는 비우는 일의 순수성에 관심을 갖는 셈이에요. 제 생각에 한국문단에서 '창작과비평'과 '문학과지성'의 의견이 갈리는 지점도 이곳이에요. 그리고 이는 유럽이 만든 '현대'라는 극장에서 학습된 태도입니다.

이제 그 특징과 경로를 말하기 위해 제가 텍스트를 하나 소개할게요. 먼저 한티재에서 출간한 『문학과의 동행』이라는 책이 있습니다. 염무웅 대담집이라 김윤태·장성규·황규관·이주영·백지연·김수이·김용락 제씨와 각각 대담한 내용을 싣고 있는데, 이 책 말미에 염무웅 선생이 직접 '문학 소년에서 현장비평가까지'에 이르는 경로를 쓴 「문학의 계단을 오르내리며」라는 글이 있어요. 이 책을 우선 추천합니다. 하지만 이보다 더욱 중요한 것은 454쪽에 나오는 다음과 같은 말입니다.

> 나는 한스 제들마이어의 『근대예술의 혁명』(1955)이나 후고 프리드리히의
> 『근대시의 구조』(1956)를 어렵게 구입해서 때로는 노트에 번역까지 해가며 열
> 심히 읽었다.

염무웅 선생이 어렵게 구해서 번역까지 해가며 열심히 읽었던 텍스
트가 있었어요. 공교롭게도 그 책이 제게 현대시를 이해할 계기를 제공
한 후고 프리드리히의 『현대시의 구조』인데, 그 책의 영향을 염무웅 선
생은 이렇게 말해요.

> 후고 프리드리히에 의하면 보들레르, 말라르메, 랭보, 발레리, 엘리엇 등이
> 대표하는 현대시의 기원을 찾자면 독일 낭만주의 시인 노발리스(1772~1801)에
> 까지 거슬러 오르게 된다는 것이었다. 이런 논의는 자연 '현대' 그 자체에 대한
> 질문으로 이어지게 되었다. 내가 《산문시대》에 연재했던 논문 「현대성 논고」
> 는 바로 그런 맥락에서의 현대성 즉 모더니티의 발생과 그 미학적 구조를 탐구
> 하는 것이 목표였다.

제가 오늘의 시인들이 무엇으로 사는가를 살피는 일도 현대성이 어
떻게 발생하고 그 미학적 구조가 어떻게 돼 있는지를 설명하는 것으로
시작됩니다. 후고 프리드리히의 책을 염무웅 선생은 독일어로 읽었지

만 저는 한길사에서 출간된 번역본을 읽었는데 나중에 서점에서 보니 박영률출판사에서 다시 나왔더라고요. 제가 인용하는 내용과 번역이 같은지 다른지는 비교해보지 않았어요. 대신에 독서할 때 반드시 유념할 점이 있는데 그것은 우리가 유럽적 근대를 절대적인 잣대로 받아들였던 20세기의 가치로부터 이제 어떻게 빠져 나가야 하는지를 고민하는 시대로 옮겨와 있다는 사실입니다. 그럼 책 이야기를 시작할까요?

후고 프리드리히의 『현대시의 구조』는 「제1장 전망과 회고」를 서장처럼 꾸며서 현대시의 내용 전체를 개괄해요. 고로 이를 잘 읽으면 책 한 권을 대강 떼는 셈이 됩니다. 여기서 노파심에서 말해두는데, 현대에 접어들면 사람들이 전체를 보는 눈은 점점 어두워지고, 부분을 보는 눈은 아주 밝아집니다. 최근으로 올수록 '육화'되는 것을 중시하지 않고 '특화'되는 것을 중시해요. 마치 한방(韓方)과 서양의학의 차이 같죠? 표현의 세계에서도 개성을 절대적 가치로 숭배하는 현상이 일어나요. 이 책은 그런 글쓰기의 한 모델 같은 느낌을 줍니다. 모든 표현이 익숙하지 않고 매혹적인데 우선 제목부터가 한참을 고민하지 않으면 무슨 뜻인지 알기 어렵습니다. 첫 부분 '현대시의 전망'부터 서술체가 마치 현대시처럼 마술적인 언어로 되어 있어요. 이어서 현대시의 특징들이 발생·성장·소멸하는 과정을 펼쳐 가는데 저는 이를 두 차례로 나누어서 앞의 것을 먼저 설명하고 뒤엣것을 나중에 설명하겠습니다.

현대시, 그 공룡의 뼈대

일반적으로 현대시는 공룡처럼 덩치가 커서 그 특성을 한 마디로 정의할 수 없는 것으로 알려져 있어요. 시 공부를 하는 사람들조차도 현대시는 도대체가 알아들을 수가 없다고 불평을 해요. 그런데 『현대시의 구조』는 제목에서 이미 현대에 출현한 숱한 경향들의 바탕에 그것이 형성된 보편적 경로와 그것의 발전 관계가 숨어있음을 뜻하고 있습니다. 그러고는 그 속에서 뼈대를 추려낸 다음에 그것을 지탱하는 시적 추상이 발생하는 과정을 흥미진진하게 추적해요. 그에 의하면 현대시에 내장된 공통의 뼈대가 두 가지인데, 하나는 '불협화', 다른 하나가 '비규범성'이에요. 말이 좀 어렵죠? 그래서 후고 프리드리히도 이렇게 말문을 엽니다.

20세기의 유럽시로 통하는 안락한 길은 어디에도 없다.

참, 여기서 '현대시'라는 낱말이 지목하는 대상이 어떤 것인지를 밝히지 않았네요. "후기 릴케와 트라클에서 고트프리트 벤에 이르는 독일 시인들, 아폴리네르에서 생-종 페르스에 이르는 프랑스 시인들, 가르시아 로르카에서 기옌에 이르는 스페인 시인들, 팔라체스키에서 문가레티에 이르는 이탈리아 시인들, 예이츠에서 엘리엇까지의 영국 시인들"을 가리킵니다. 바로 이들, 20세기의 유수한 거장들이 쓴 시는 왜 이해하기가 힘들까요? 그것은 수수께끼와 모호함으로 말하기 때문이에요. '수수께끼'와 '모호함'으로 가득 찬 언어는 당연히 전달력이 떨어지고 쓸모가 없어야 하는데, 이상하게도 현대시는 놀라울 만큼 생산적입니다. 그 이유를 후고 프리드리히는 '이해할 수 없지만 매혹'이 발생한다는 데 두고 있어요. 이거 참 재미있는 현상입니다. 이해할 수 없기 때문에 이해할 수 있게 되는 것, 이 말은, 세상에는 이해할 수 있게 하면 오히려 이해되지 않는 것도 있다는 말이기도 해요. 이런 어불성설의 현장을 우리가 살면서 많이 겪게 됩니다. 그리 적절하지는 않아 보이지만 하여튼 비슷한 예를 들어볼게요. 정치인 얘기라 좀 민감할 수 있으니 감안하고 들어주세요.

언젠가 이명박 후보와 정동영 후보가 대선에서 경쟁을 했던 일 기억하죠? 그때 TV 토론에서 누가 점수를 더 받았을까요? 정동영은 우리나라에서 거의 최고의 의사 전달력을 가지고 있던 사람입니다. 정계 입문을 그것으로 했어요. 그는 평소에 토론의 자리야말로 상대 후보를 누를 수 있는 절호의 기회라고 생각했을 겁니다. 그런데 가장 중요한 순간에 유권자들이 경쟁자의 말은 기억을 하되 정작 그의 말은 잘 기억하지 못하는 결과를 빚습니다. 왜 그랬을까요? 제 생각에는 그가 말을 너무 잘해서 생겨난 현상이에요. 현대인들은 다들 TV나 라디오를 틀어놓고 생활하죠. 일단 거기에 습관이 들면 미디어에서 흘러나오는 말을 점점 흘려듣는 버릇이 생깁니다. 왜냐하면 일상생활에 별로 영향을 미치지 않으니까요. 그래서 잘 다듬어진 말들은 뭔가 특별하지 않으면 관성의 영향을 받을 수 있어요. 저는 박원순 후보와 나경원 후보가 서울시장선거에 나왔을 때도 그랬다고 봅니다. 나경원 의원은 토론의 자리만을 학수고대했을지 몰라요. 상대후보가 언변이 약하니까요. 그런데 유권자들은 이상하게도 말을 더듬거리는 쪽으로 더 집중합니다. 바로 이 '낯설게 하기' 효과가 결국에는 소통이 잘 되는 쪽이 오히려 소통이 안 되는 쪽이 되게 만드는 것입니다. 그리고 이건 저만의 느낌일 수도 있는데, 라디오 음악프로그램의 진행자들이 더듬거리는 사람으로 바뀐 지 오래됐어요. 겉으로 더듬거리지만 듣기에 불편하지 않은 말소리는 가슴에 쏙쏙 박힐 확률이 훨씬 높습니다.

바로 이런 상황이 20세기의 시가 처한 상황이에요. 19세기에서 20세기로 넘어오면서 안락하지 않고 수수께끼와 모호함으로 가득 찬 불편한 언어들이 놀랄 만큼 생산적이게 되는 현상이 생겨납니다. 그래서 이성적인 언어질서를 벗어난 시가 오히려 논리 정연한 말들을 각성시키는 반역을 일으켜요.

이는 현대의 정신적 상황에 있어서 시의 진술력이 철학, 소설, 연극, 회화와 음악의 그 어느 것보다도 적지 않음을 말해준다.

맞아요. 근대에 들어서면 거의 모든 창조 영역에서 시가 독보적인 권위를 얻게 됩니다. 가령, 비범한 천재성을 은유할 때도 건반 위의 시인, 은막의 시인, 그라운드의 시인, 이런 식이죠.

시인이 이렇게 특별한 취급을 받게 된 이유가 있습니다. 중세까지는 인간이 신의 지배하에 있었다면 근대에는 이성을 숭배하며 살게 되죠. 그것이 점점 심화되면 소위 '이성의 제국'이라 부를 만한 시대가 도래했어요. 이른바 과학적 사유가 만사를 전횡하는 환경이 조성되는 겁니다. 후고 프리드리히는 이를 간단히 '현대의 정신적 상황'이라고 언급하지만 사실 여기에는 실로 복잡한 과정들이 내재돼 있어요. '이성' '과학' 이런 것들이 사실은 진위를 식별하는 사유 형식의 하나일 뿐인데 거기에 절대적인 권위가 부여되다 보니 존재의 진실을 판단할 때 자꾸 모순이 생기는 것을 어쩔 수 없습니다. 인간의 삶에서는 다른 형식의 사유체계도 얼마든지 작동하고 있거든요. 그래서 시 쓰는 사람들이 이성을 절대화시키는 체제를 상대로 필사적으로 저항합니다. 도대체 그러지 않을 수 없는 노릇이, 이성의 세계는 까다롭고 완고하고 꼼꼼하고 엄격해서 너그럽지도 않고 자유분방함도 없습니다. 그에 반해 감성의 세계는 대범하고 온후하고 느슨하고 인정이 많아요. 현실의 질서에도 정치, 역사, 학문, 인맥 등 이성이 만들어가는 것들은 그야말로 엄격하고 격식 있지만 실제로는 세속되기 그지없는 위계체계 때문에 숨 막히는 압력이 느껴집니다. 그런데 저자거리의 뒷골목에서 은밀히 작동되는 감성의 영토에서는 토착 풍속이나 신앙, 욕망이나 본능, 감정적인 것, 감각적인 것, 원초적인 것, 미개한 것, 음산한 것들이 넘쳐나요. 그래서 거대한 감정의 해방구, 칠정의 카니발이 춤추지만 진정함이 있어요. 바로 그곳에 현대시가 자리를 잡고 개인의 내면에서 들끓는 언어의 광란과 과잉과 함성 속을 소용돌이치게 돼요.

유럽에서는 음악회만 복장을 갖추어야 하는 것이 아니라 출판사에서도 정장을 하지 않으면 출입을 시켜주지 않습니다. 아무 옷이나 입고 성역이 없이 구는 사람은 작가밖에 없어요. 즉 존중받아야 할 것과 존중받지 않아야 할 것의 질서가 철저하게 분리된 사회인데, 그 이면에 존재하는 위선적 질서에 문제의식을 느낀 사람들이 정반대로 행동한 겁니다. 동성애, 마약, 히피…… 우리는 랭보 같은 사람들이 당대 문화질서 안에서 심각하게, 거의 피투성이로 싸웠다는 사실을 주목하지 않을 수 없습니다. 현대시의 중요한 이름들이 거의 탕아, 정신파탄자로 매도되면서 활동했어요. 그런데 그들에 의해 시의 진술력이 이전 시대와 굉장히 크게 달라져가요. 그 양상을 후고 프리드리히는 이렇게 지적합니다.

시의 모호함이 독자를 혼란시키는 만큼이나 매혹시키며, 갈피를 못 잡긴 하지만 그 말의 마법과 신비스러움에 강제적으로 끌려든다. 그러므로 불협화적인 긴장은 현대예술 일반의 목표가 되었다.

혼란시키지만 매혹시키는 것, 무언가 명료하지만 정신없이 **빨려** 들게 하는 것, 이만하면 그것이 마술적인 위력을 가졌다 할 수 있겠죠? 바로 이게 현대시예요. 엘리엇이 한 평론에서 "시란 이해되지 않고서도 전달될 수 있다"라고 했던 말은 그와 같은 상황에서 나온 겁니다. 바로 이 점을 포착한 낱말이 '불협화'입니다. 이제 그 내용을 살펴볼게요.

'

'불협화'란 무엇인가

몇 년 전에 거리를 걷다가 어떤 홍보물을 봤는데 "불을 끄고 별을 켜라" 하고 쓰여 있어요. 최소의 글자로 시적인 효과를 낸 뛰어난 문구가 아닌가 합니다. '불을 끄고'만 있었으면 너무 상식적인 말이 되고 '별을 켜라'만 있었으면 너무 모호한 표현이 되는데 두 구절을 합해놓으니 뜻밖의 반전이 일어나면서 감각적으로 매우 뛰어난 표현이 됐어요. 이런 게 현대시의 문법을 따른 건데, 후고 프리드리히가 '불협화'에서 설명한 '말의 마법과 신비스러움'에 강제적으로 끌려드는 사례는 현대시 일반에 꽤 광범하게 퍼져 있습니다. 가령, 전혀 그렇지 않을 것 같은 김소월의 경우도 그래요. 사실은 누구나 김소월을 쉽게 보잖아요. 그런데 논문들을 보면 그를 해석하는 과정에서 상당한 난투가 벌어져요. 이는 김소월의 문법이 쉽지 않지만 그래도 그곳에서 굉장한 매혹이 흘러나오고 있음을 반증해요. 유럽 현대시에서는 그런 현상이 더욱 두드러져서 매혹의 효과가 더욱 극대화 돼요. 후고 프리드리히는 말합니다.

시의 모호함은 고의적인 것이다. 보들레르는 그 점을 이미 간파하고 "이해되지 않는다는 것에는 그 어떤 명예가 있다"고 말한다.

시를 일부러 어렵게 쓰는 것이 고의적이고 독자가 쉽게 해독하지 못하는 것을 명예처럼 생각하는 것이 얼마나 낯선 일인지는 우리가 옛날에 학교에서 배웠던 것을 생각해보면 쉽게 알 수 있습니다. 어릴 때 화가 솔거 이야기를 들어보셨죠? 나무를 그려놓았더니 새가 진짜인 줄 알고 앉으려고 했다는 신화를 남겼습니다. 그런데 새가 착각할 만큼의 사실성을 가졌다는 것이 그림을 잘 그렸다는 증거가 될 수 있을까요? 현대시는 절대로 그렇게 생각하지 않아요. 오히려 그 반대입니다. 후고 프리드리히는 이렇게 말해요.

시를 이해하려는 자에게는 무엇보다도 현대시를 감싸고 있는 모호함에 자신의 눈을 익숙케 하라는 충고 이외에 달리 해줄 말이 없다.

마치 "알아볼 수 없으니까 시다. 알아볼 수 있으면 '과학'이나 '윤리'라 해야 되지 않겠느냐" 하고 말하는 것 같지 않아요?

사실 현대회화의 대가들도 화폭을 명료하지 않게 하려고 고민을 많이 했습니다. 어떤 화가는 색채조차도 '눈 뜬 색'과 '눈 감은 색'으로 구별하더라고요. 길가에서 마주친 사람이 눈을 뜨고 빤히 쳐다보면 당황스럽지요? 너무 또렷하면 망가지는 게 있습니다. 적절한 사례가 될지 모르겠는데, 사람들이 그림 같은 것을 볼 때 가끔 실눈을 뜨는 이유가 뭘까요? 먼 곳에 장엄하게 늘어서 있는 산맥도 대낮에 보면 마치 하나의 산이 줄기를 뻗고 있는 것처럼 보여요. 그런데 거기에 비구름이 깔리고, 안개가 끼면 입체감이 살아나서 수천 개의 산이 제각각으로 보이게 됩니다. 날씨가 밝을 때는 하나의 등고선만 보이는데 날이 침침해지자 천변만화하는 자연의 형상이 제 모습을 드러내는 거예요. 현대시의 고의적 모호함이 바로 인간 내면의 이런 걸 포착하려고 생겼을 거예요. 왜냐하면 그 모호함의 언어가 이성이 닿을 수 없는 곳을 만지는 도구가 되기 때문입니다. 또 어려운 말이 나왔네요. 이성이 닿을 수 없는 곳이라니!

제가 어렸을 때는 학교 선생님이 글쟁이로 살기에 가장 좋은 직업으로 보였습니다. 그런데 막상 문단 활동을 하다 보니 글을 쓰기에 가장 불리한 직업이 선생님일 것 같더라고요. 선생님은 지난 역사를 대변하기 위해 학생이라는 미래 앞에 놓여 있어야 하는 존재입니다. 그래서 모든 질문에 최선을 다해 답해야 옳아요. 이 때문에 '선생'이라는 칭호 안에는 계몽주의가 자리 잡고 있어요. 상대의 의견을 묻고 소통을 해야 새로운 것이 나오는데 선생님들은 이를 언제나 이미 만들어진 답으로 대체합니다. 그래서 계몽주의 언어에는 겸손이 없다는 결함이 생깁니다. 선생님이 겸손한 포즈를 취할 수는 있지만 그래도 답변을 해야 하는 자리에 있는 이상 언제나 규범화된 답을 내놓아야 해요. 이렇게 되면 살아 생동하는 인간의 성격이 배제되지 않을 수 없습니다. 생각해보세요. 우리는 대부분의 자리에서 상대방이 뭐라고 말했느냐를 따지기보다 그를 전달하는 눈빛을 보고 먼저 가늠합니다. 그래서 이성적인 주장, 논리와 인과율에 잘 속지 않아요. 제가 지금 이성이 닿기 어려운 감성의 영토를 상정해보려 했는데 혹시 전달이 됐습니까?

후고 프리드리히는 '불가해함'과 '매혹'의 만남을 '불협화'라 명명하고 이 '불협화'가 안정보다는 불안정을 향하는 긴장을 야기한다고 말합니다. 편하고 안정되게 놔두지 않는 것, '불안정하기 때문에 생기는 긴장' 이런 게 미학에서 왜 중요해질까요? 예를 하나 들어볼게요. 『나의 문화유산 답사기』가 크게 반향을 일으키자 각종 문화센터에서 기행팀을 만들었어요. 그래서 여행지에 가면 대개는 이렇게 묻습니다. "이것은 몇 세기 양식이에요?" 미리 공부를 해서 현장을 확인하거나 지식을 재정립하는 방식인데, 이런 여행을 마치고 나면 좀 공허한 측면이 없지 않습니다. 이성과 지식으로 접근했던 것들보다 훨씬 큰 것이 여행지에서 감성을 타고 온 뜻밖의 충동 현상들이었기 때문이죠. 인간이 전혀 낯선 세계에 가면 어떤 철학자도 가르쳐 주지 못한 사유의 넓이와 깊이를 확보합니다. 신체 안의 감응장치가 동물적으로 긴장되게 작동하는 거예요. 인간이라는 생명체는 이렇게 낯선 세계에 잠복된 위험 요소가 확인될 때까지 매우 특별한 비상작용을 일으키느라 아주 왕성한 서정적 환기를 경험합니다. 그래서 놀라운 직관력과 추리력으로 명민한 인식을 만들어내요. 그것을 이성으로 대치하면 교과서가 가르치는 것만 습득하게 됩니다. 이를 보면 인간은 아는 만큼 느끼는 게 아니라 느끼는 만큼 알아요. 생각해보세요. 우리는 대상을 잘 알지 못해도 많이 좋아하거나 미워하거나 싫어한단 말이에요. 그래놓고 그것이 왜 그랬는지를 나중에 곰곰이 생각해서 논리적으로 이해하게 돼요. 이제 여기서 후고 프리드리히의 다음과 같은 말을 인용해도 될 것 같아요.

오히려 시는 이성이 도달할 수 없는 영역에 암시적으로 작용하면서 아울러 개념의 비밀스런 영역을 떨림 속에서 드러나게 하는 절대적인 힘들의 긴장의 직물로 구성되어 있으며, 다채로운 의미의 빛을 내는 자족한 형상체가 되고자 한다.

'비규범성'에 대하여

관습적 사유에 대한 저항, 그것을 앞에서 '낯설게 하기'라는 말로 설명했죠? 현대시가 이를 구현하는 방법이 '불협화' 말고도 또 한 가지가 있어요. 현대시는 소통의 익숙함을 기피하기 위하여 사물이나 인간과 접촉하면서 얻은 현실감을 비의(祕義)적으로 비틀고는 합니다. 후고 프리드리히는 이렇게 말해요.

현대시는 그것들을 익숙하지 않은 곳으로 데리고 가서 낯설게 만들며 변형시켜 버린다.

여기서 그 얘기를 하고 가지 않을 수 없네요. 저희 세대에게는 리얼리즘이 거의 절대적인 가치였습니다. 모더니즘에 대한 저항과 반발이 심했어요. 왜냐하면 5.18을 겪고 나서 부당하거나 윤리감각이 떨어지는 것에 대한 저항감이 굉장했거든요. 그런데 그러다 보면 자꾸만 지당한 것을 따르게 되고 조금 뻔해 보이더라도 '옳은 말'을 반복하게 되죠. 그것이 가진 문제점을 못 느끼고 살다가 깜짝 놀라는 수도 생깁니다. 저 같은 경우에는 어느 날 갑자기 '서태지와 아이들'이 터무니없이 큰 사이즈의 신발을 신고, 상표도 떼지 않은 옷을 입고 나왔을 때예요.

일순 거부감을 보이다가 점점 규범화 된 시대에 대한, 규범화가 가지고 있는 비인간성에 대한 반란이 일어난 것을 목격하는 기분이 되었습니다. 그로부터 밀려들기 시작한 신세대의 도도한 흐름 속에서 '반듯함'이 가지고 있는 비생산성, 규범의 오류들이 일방적으로 떠밀려가는 것을 보았어요. 그와 함께 새로운 사조에 적응해가는 제 자신을 발견했습니다. 현대시라는 것도 유럽에서 그런 식으로 자리를 잡았을 거예요. 그것은 한 마디로 말해서, 계몽주의라는 낡은 밭을 쟁기질하듯이 갈아엎고 난 자리에서 무성해진 겁니다.

> 그러므로 시에 의해서 현실은 공간적·시각적·객관적 그리고 정신적 질서로부터 풀려나오게 되며 정상적인 세계관에 필수적인 구분들, 즉 미와 추, 가까움과 멈, 빛과 그림자, 고통과 기쁨, 지상과 천상 등의 선입견처럼 기정사실화된 구분들로부터 벗어난다.

이 같은 경향은 시 창작의 세 가지 방식, 즉 느낌·관찰·변형 중에서 마지막 것을 지배적 흐름으로 만들어요. 무슨 얘긴가 하면 옛 시인들은 시는 형상이 없는 그림이요, 그림은 형상이 있는 시라고 해서 시 한 편을 쓸 때마다 회화 한 점을 내놓듯이 했어요. 근대에 들어서는 주정적(主情的) 시풍으로서 느낌, 주지적(主知的) 시풍으로서 관찰, 주의적(主意的) 시풍으로서 변형을 중시하는 소 장르들이 풍미합니다. 그런데 여기서 주정시가 '악보 없는 노래'와 같다면 주지시는 '서사 없는 이야기'요주의시는 '논리 없는 철학'으로 비유해볼 수 있는데 현대시는 세 번째 시풍을 주 장르로 선호하게 됩니다. 이는 필연적으로 선배 세대의 주 장르였던 주정적 시풍, 즉 낭만주의와 충돌하게 돼 있어요. 여기서 후 고 프리드리히의 말을 다시 읽어볼게요.

> 낭만주의 시에서 도출된 규정에 따르면 시는 거듭해서 심정의 언어, 개인 적 영혼의 언어로 간주된다. 심정의 개념은 가장 고독한 자라도 그것을 느낄 수 있는 모든 사람들과 공유하게 되는 영혼의 거처로 돌아감으로써 얻게 되는 긴장완화이다. 바로 이러한 소통의 익숙함이 현대시가 기피하는 바이다.

현대시적 감수성을 가진 사람들의 큰 특징 중 하나가 거의 병적으 로 신파를 싫어한다는 겁니다. 신파를 지배하는 것이 심정이기 때문이 죠. 바로 심정을 앞세운 감상주의를 기피하는 경향을 좋게 해석하면 어 리광을 받아주지 않는 부모들로 비유할 수 있어요. 당장에 울음을 그 쳐. 그리고 네 생각을 말해. 이래놓고는 우는 소리로 말했을 때 들어주 지 않던 부탁을 또박또박 말하면 들어주는 부모 말입니다. 예컨대 '시' 라고 하면 대부분 어떤 유형의 감상성을 전달하는 것이라고 생각했던 구세대들과 달리 신세대들은 여차하면 "오버하지 말라"며 반응합니 다. 이건 거의 '시대 감정' 같아요. 신세대들은 옳고 그름을 떠나서 낡 은 것들을 우선 퇴치부터 하려고 달려듭니다. 시도 그래요.

"심정? 그런 것을 나는 가지고 있지 않다"라고 고트프리트 벤은 고백하였다. 심정과 유사한 연약함이 얼굴을 내밀려고 하는 순간 냉혹한 부조화의 언어가 사정없는 일격을 가해서 그것을 해체시켜 버리는 것이다.

이와 같은 현대시의 공격적인 기법이 바라는 것은 독자에게 안정감을 주는 것이 아니라 경각심을 일깨우는 것입니다.

여기서 엉뚱한 이야기를 하나 할게요. 안정감을 주는 언어보다 경각심을 일깨우는 언어가 중요하다는 말 때문에 떠오른 기억인데, 옛날에 시 쓰는 선배에게 들은 이야기예요. 그분이 군대에서 헌병으로 근무할 때 서울로 들어오는 입구를 지키는 역할을 맡았대요. 참 특별한 병과인데, 유일하게 불만인 것이 계급이 높은 분들이 통제를 잘 따르지 않는다는 점이었대요. 그래서 장군들이 밤에 위수지역을 자꾸 빠져나가자 위에서 불호령을 내렸어요. 절대 통과시키면 안 돼. 그래서 하루는 어떤 사단장을 막은 겁니다. 작대기 몇 개짜리 병사가 헌병이라고 길을 막으니 높은 분이 화가 났어요. 그래서 이를 차로 밀고 가버리자 온몸이 깔려 부서지고 말았어요. 지금 같으면 시민들에게 된서리를 맞았을 겁니다. 하여튼 그분이 부서진 뼈마디들을 철사로 이어서는 오랜 세월에 걸쳐 장뇌삼을 복용하며 건강을 되찾았다고 해요. 때마침 자기 집에서 산삼의 씨를 야산에 뿌려서 몇 대를 묵혔다가 캤다는 거예요. 그런데 재미있는 것이 그것을 자신만 먹는 게 아니라 아이에게도 먹였대요. 그러면서 저한테 이르기를 아이들한테 산삼을 먹이면 안 된다고 하대요. 왜냐하면 겨울에 영하 십 몇 도까지 내려가는데 여섯 살짜리 아이가 반바지를 입고 돌아다니면서 맨발로 얼음을 녹이는 장난을 한다는 겁니다. 신기하죠? 어렸을 때 효능 좋은 보약을 먹이면 신체가 경각심을 잃는다는 거예요. 그래서 지나치게 튼튼해지면 위험해. 이것이 현대시가 외치는 정신입니다. 보약을 먹은 듯이 굳건한 언어들은 세계의 위기상황에 아둔해질 수밖에 없긴 해요.

어쨌든 현대시는 안정감이 아니라 경각심을 향하여 방향타를 정합니다. 그러려면,

> 시어는 기존 의미에 따라 계획되는 것이 아니라 오히려 의미를 제작하는 실험적 성격을 가지게 된다.

익숙하게 사용되는 질서를 깨트리면 문법이 어긋나죠. 이게 계속되다 보니 점점 시에 어떤 뜻을 담았느냐 하는 것은 크게 중요하지 않게 돼요. 반대로 문제적 현상을 중시합니다. 규범을 어기는 것 말이에요.

> 한 시대의 '비규범'이 다음 시대의 규범이 되었다는 사실, 즉 수용될 수 있었다는 점은 끊임없이 확인되는 바이다.

여기서 본디 있었던 규범이란 괴테와 같은 텍스트를 이해할 수 있는 정신적 토대를 칭합니다. 그것을 깨뜨린 '비규범'이 다음 시대의 '규

범'이 된다는 말은 문화예술에 나타나는 '지배적 현상'과 '문제적 현상'을 가리켜요. 예컨대 지배적인 현상은 지금 현재를 주도하는 현상이죠. 보름달이 가득 차오르면 그것은 이제 줄어드는 길밖에 없습니다. 반면에 초승달은 이제 시작이에요. 겉으로 볼 때는 큰 달이 위대하지만 가득 찬 달은 꺼져가는 달이고, 야위어 있는 달은 미래의 정복자가 되기 위해 진군하는 달이에요. 그래서 '지배적 현상'은 소멸의 길을 가지만 '문제적 현상'은 세상을 통째로 차지하러 갑니다. '문제적'이라는 표현은 거의 모든 영역에서 부정적으로 쓰입니다. 학창시절에 가장 듣기 싫은 말이었죠. 문제적이다, 문제아다. 그런데 현대시에서는 이것이 최고의 칭찬이 돼요. 시는 불온해야 한다. 불온성을 잃으면 죽은 시가 된다. 그래서 이는 이내 시의 목표가 됩니다.

여기서 반드시 해두고 싶은 말이 있는데 그것은 현대시의 정신에는 유럽중심주의가 너무 강하다는 것을 간과하면 안 된다는 점입니다. 당시 유럽에는 괴테를 비롯한 고전들이 문화적 철칙처럼 권위를 가지고 있어서 아무도 어길 수 없었어요. 그런 선행의 모범을 부정하기 위해서 후고 프리드리히는 이렇게 말합니다.

'비규범'은 어떠한 가치판단도 아니며 "변종"을 의미하지도 않는다. (중략) 현대시는 의도적인 찬탄도 의도적인 비난의 대상도 아니다.

보세요. 이 자리는 현대시를 설명하는 자리가 아닙니까? 그런데도 이렇게 옛 전통의 가치를 재확인하는 태도는 앞에서 강조했던 '불협화'와 '비규범성'으로 무장한 현대시의 정체성에 찬물을 끼얹는 느낌까지 줄 정도예요.

> 현대시의 무비판적인 숭배자들은 시민적인 편견. 표준적이고 가내적인 미의식에 대항하여 현대시를 무조건 변호하곤 한다. 이것은 유치한 일로서 현대시가 생기게 된 동인을 전혀 이해하지 못한 것이며 게다가 3천 년 전통의 유럽 문학에 대한 단견을 드러낸 것이다.

그렇다면 아까 강조되었던 현대시의 특성들은 결국 다음과 같이 정리해둘 수밖에 없어요.

> 그것은 현대의 지속적인 한 현상으로서 정당한 평가를 받아야 할 뿐이다. 그러나 독자는 더 이전의 시에서 그 척도를 가져와서 가능한 한 엄격하게 적용할 권리 또한 가지고 있다.

결론적으로 현대시의 특성들은 현대시가 놓인 현실의 반영이라는 말인 거죠.

이제 현대시의 특성을 다 이야기했습니다. 그런데 이 이야기를 하다 보면 제3 세계권에서 살았던 사람들은 뭔가 아득한 느낌이 들 수 있어요. 현대시가 유럽사와 충돌하면서 해온 경험들을 자신들은 실제 현실을 통해서 경험하지 못했기 때문이에요. 까닭에 현대시를 받아들이면서도 일정하게 그와 갈등하는 경향도 수반하게 됩니다. 이 문제 역시 짚고 가지 않을 수 없어요. 우리나라에서 문화, 예술, 정책 같은 것들을 진단할 때면 유럽의 선례를 따르려 하는 경우가 많습니다. 그런데 그게 절대적인 정답처럼 여겨지다 보면 현대시가 의도하지 않았던 전혀 다른 도그마에 빠지게 될 거예요. 가령, '새우배미'라는 말을 들어봤습니까? 예전에는 산비탈을 개간해서 만든 논, 밭의 모양이 새우 모양이었어요. 그것을 새우배미라고 부르죠. 하지만 그곳에서는 기계식 농사를 지을 수 없습니다. 그 시절에 유행했던 말이 문전옥답인데, 바로 집 앞에 있는 논이 최고라는 말이에요. 그런데 근대화가 되면 측량을 해서 땅을 파내고 평평한 논밭으로 만들게 됩니다. 경지 정리를 하는 것이죠. 그러면 규범에 의한, 즉 기계식 농사가 가능해집니다. 여기서 제가 강조하고자 하는 말이 이거예요. 규범과 싸우고 있는 '비규범'을 주변부의 누군가가 부러워하기 시작하여 그 자체를 '또 다른 규범'으로 삼으면서 맹신하게 되는 것은 '비규범'이 아니라 '규범'이라는 것입니다. 우리 문학이 자주 겪는 일이에요. 하지만 그런 과정을 겪으면서 유럽이 삼백 년 동안 변해온 것을 우리가 삼십 년 만에 따라 하게 되었더라도 유럽의 현대시에 대한 근거와 맥락이 오늘의 우리 현실 속에도 숨 쉬고 있는 게 사실입니다. 이 또한 드라마틱한 경위가 없지 않은데, 현대시가 발전해온 맥락에 대해서는 장을 바꿔서 이야기하겠습니다.

현대시가 부정하는 것들

현대시의 역사는 무엇을 긍정하는 역사가 아니라 부정하는 역사였습니다. 불온하다! 불온성! 이는 현대시의 생명과도 같은 정신이에요. 시인도 스스로를 저항자로 자처하고, 비평도 '부정의 범주'를 확장하는 데 몰두합니다. 도대체 왜 그랬을까요? 혹시, 영화 〈동주〉 봤습니까? 윤동주가 북간도 명동학교에 다닐 때 교실에 있는 학생이 열네 명이었어요. 그중에 송몽규, 윤동주, 이정우, 문익환이 문단에 데뷔합니다. 대단하죠. 문익환은 공부를 잘했고, 송몽규는 독립운동에 투신하며, 윤동주는 뜻밖의 실패를 겪어요. 중학교 때 문익환과 윤동주가 평양 숭실학교 편입시험을 보는데 윤동주가 떨어집니다. 이때 현대시의 통과제의를 거치게 되는지 몰라요. 나중에 교지 편집을 맡아서 문익환에게 원고 청탁을 해요. 그래서 보여주자 "이게 시야?" 하고 웃습니다. 아마 둘 사이에는 현대시의 길을 수락한 자와 그렇지 않은 자의 차이가 있었을 겁니다.

문익환은 시인보다 먼저 신학자요, 목사였어요. 목사란 원칙적으로 '말씀의 봉직'을 숙명으로 하는 자입니다. 태초에 말씀이 있었다는 말은 종교적 언술이기 이전에 하나의 철학적 명제에 속해요. 인간은 천변만화하는 우주에 가득 찬 사물과 현상을 명명(命名)과 언술을 통해

'자아와 세계의 관계'로 직조하기 때문에 하이데거는 말을 '존재의 집'이라 했습니다. 문익환은 '말씀'의 귀재였어요. 하지만 구약 성서의 40퍼센트가 시이기 때문에 성서 번역을 위해 시를 공부하게 돼요. 저는 문익환이 시를 썼던 일은 현대시의 역사가 아니라 한국 기독교의 역사에서 평가되어야 할 일대 사건이 아닌가 생각해봅니다. 왜냐하면 한국 기독교는 성서에 기록된 교리 위에 구축된 성채처럼 보이는데, 문익환은 기독교 정신이 성경이 아니라 지상의 삶 속에서 살아 있어야 한다고 생각했어요. 그는 가난과 질병과 무교육의 굴레에 묶여 버림받은, 저임금으로 혹사당하며 먼지 구덩이 속에서 햇빛 한 번 못 보고 하루 열여섯 시간을 노동해야 하는 어린 여공들의 '인간으로서의 최소한의 요구' 속에 숨어 있는 그리스도를 만나러 가는 길을 닦느라 시를 썼어요. 예컨대 말씀의 전달자가 아니라 창조자가 되는 길을 찾아 나선 겁니다. 그에 반해 윤동주는 정확히 현대시를 쓰고자 했어요. 그가 받아든 유럽의 현대시에서 시작된 시적 숙명은 문익환이 고민한 '말씀'의 형식을 부정하는 자리에서 시작됩니다. 현대시는 '사회의 공명상자'가 될 뜻이 전혀 없었어요. 그렇다면 그것이 안고 가려고 했던 숙명은 뭐냐? 오늘은 그에 대해서 살펴보려고 합니다.

후고 프리드리히의 『현대시의 구조』는 이렇게 말합니다.

19세기의 시에서 일어났던 변화는 시론과 비평의 개념들에서도 상응하는 변화를 초래했다. 19세기의 전환기에 이르기까지, 부분적으로는 그 후에 이르

기까지 문학은 사회의 공명상자였으며 일상적인 소재나 상황에 대한 이념적
인 형성 그리고 악마적인 것을 표현함으로써 얻게 되는 효과적인 위안으로서
기대되었다.

18세기까지만 해도 시는 사회의 공명상자였는데 19세기 이후에는
전혀 달라집니다. 이 둘의 간극은 현대사회의 노래꾼(시인)과 이야기꾼
(산문가) 사이에도 더러 유지되고 있어요. 예를 들어볼게요. 2000년대
초반에 민족문학작가회의가 명동 밀리오레에서 외국인 노동자를 위한
문학콘서트를 한 적이 있습니다. 유명 가수와 유명 작가를 초대해서 노
래와 토크쇼를 하는 행사였는데, 그중 하나로, 소설가 박완서와 가수
전인권이 짝을 이루게 됐어요. 두 사람의 이미지는 좀 대립되지요? 박
완서와 전인권이 사회자 앞으로 나오는 순간 객석에서 웃음이 터집니
다. 사회자가 물어요. "전인권 씨는 책 읽는 것을 좋아합니까?" "네. 아
주 좋아합니다. 박완서 선생님의 '싱아 뭐라고 하는 책'을 무려 한 페이
지 반이나 읽고 감동을 받았습니다." 박완서에게도 좋아하는 시나 노
래가 있는지 묻자 어릴 때 외운 동시를 암송했어요. 객석에서 젊은 시
인들이 소리 내어 웃습니다. 내용이 너무나 착해서 학교 선생님 같은
냄새가 난 거예요. 사회자가 다시 물어요. "전인권이라는 이름에는 대
마초 이미지가 있는데 어떻게 생각합니까?" 이때 답변이 나오자 우레
와 같은 박수소리가 터져요. "나는 세상을 맨 정신으로 살고 싶지 않았
어요." 그의 입에서 한국문학이 중시했던 '폐허', '영점', '불온성'의 정

신이 나온 겁니다. 예컨대 현재 우리가 사는 세상은 경제생활의 안정에 전념하는 사회입니다. 그래서 통박, 권모술수, 경쟁으로 가득 차 있죠. 여기에 동참하고 싶지 않은 자, 이를 부정하는 태도와 정신을 집중적으로 추구한 것이 현대시입니다.

과학적인 세계 해명, 공공사회의 범속성, 세속 사회가 숭배하는 우상…, 현대시는 이런 것들의 비탄자가 되려고 했어요. 체제화된, 또는 제도화된 존재의 그림자가 아니라 살아있는 인간의 표정을 중시한 거죠. 이 배후에는 거대 담론이 드리워져 있습니다. 가령, 현대 무용의 대가 이사도라 던컨이 "누구도 저 바다를 보고 십 년 후를 묻지 않는다"라고 말했어요. 바다는 아무런 목적의식도 없이 철썩대면서 부서집니다. 이를 다른 말로 '지속 가능한 세계'라고 해도 될까요? 자연은 늘 이렇게 존재하는데 인간은 어쩌자고 '발전하지 않으면 안 된다'는 강박적인 이념을 가지고 있을까요. 소위 발전의 신화에 빠진 건데, 사실은 이게 제국주의이데올로기의 알맹이입니다. 자기욕망의 확장을 절대화하는 것, 『현대시의 구조』는 현대시가 그런 규범들과 선을 긋고자 했다고 설명합니다.

여기에서 전통과의 예리한 단절이 생겨났고, 문학적인 독창성은 작가의 비규범성에서 그 정당성을 찾았다. 문학은 치유가 아니라 섬세한 말을 추구하며 자신의 내부에서 선회하는 고통의 언어로 자처했다.

그러니까 시는 자기계발적인 무엇이 아니라는 겁니다. 문명적 상식들이 세상살이의 모범을 따로 설정하고 그것을 계몽하려 드는 것을 단호히 거부하는 태도야말로 현대시가 고수하고자 하는 유일한 자세입니다. 현대사회에서 유독 시만 그랬는가? 그건 아니지만 시는 여타의 사조들과 전혀 다른 요소를 가졌으니 일단 이 점을 특화해서 말해도 될 것 같습니다.

이제 시가 문학의 가장 순수하고 고귀한 현상으로 규정되었다. 요컨대 시는 여타 문학과 반대 입장을 취하면서 준엄한 상상력, 무의식으로 확대된 내면성 그리고 공허한 초월성과의 유희가 부여해 주었던 모든 것을 무제한으로 가차 없이 말하는 자유를 자기 것으로 하였다.

이건 매우 중대한 변화입니다. 아까 박완서와 전인권의 예에서 봤지요? 예전에는 누가 얼마나 훌륭한 의미를 많이 찾느냐가 좋은 시의 척도였어요. 괴테, 쉴러 시대에도 그랬습니다. 괴테의 비평에서는 다음과 같은 가치 기준을 발견할 수 있어요.

쾌적함, 기쁨, 사랑스러운 조화의 충만, 모든 모험적인 것이 법칙의 척도 아래서 머리를 수그림.

사족이 끼어듭니다만, 여기서 저의 독서습관을 잠깐 소개하고 갈게요. 현대철학이 유럽에서 발흥했죠? 그래서 현대정신을 읽을 때 생소한 낱말과 마주치는 경우가 많습니다. 저는 이를 종종 무시해요. 어쩌면 번역자가 표현력이 짧아서 기괴하게 된 건지 몰라, 이렇게요. 그러니까 내가 지적 능력이 떨어져서 이해를 못 하는 것이 아니라 번역 언어가 제 내면을 파고들지 못해서 난해해졌을 수 있다고 보는 겁니다. 일종의 정신승리법 같죠? 방금 언급한 낱말들도 그래요. '모든 모험적인 것이 법칙의 척도 아래서 머리를 수그림'이 말이 안 되는 건 아니지만 자연스럽지도 않습니다. 이럴 때 저는 그냥 '순리'로 읽고 지나가요. 다음의 표현들도 마찬가지예요.

대참사가 축복의 충만으로 변전됨, 비천한 것을 고귀하게 만듦, 문학의 선행(善行)은 인간의 상황을 소망스러운 것으로 이해하도록 가르치는 데에 있음.

인용문의 본질은 이렇습니다. 괴테 시대에는 "사랑은 언제나 오래 참고, 사랑은 언제나 온유하며" 같은 착한 말을 훌륭하다고 평가했다 이거예요. 지당하게 옳은, 교훈적인, 부모가 자식에게 들려줄 법한 표현들 말입니다. 지금도 베스트셀러 코너에 이런 글들이 많죠? 그런데 현대시는 그와 전혀 다른 차원에서 살고자 합니다. 괴테나 쉴러 시대의 고귀한 열정을 거들떠보지도 않아요. 사실, 한국 시단에서도 이런 논쟁이 일어난 적이 있어요. 1950년대 후반부터 1960년대까지 김수영의 시가 시끄러웠습니다. 당시 시들이 '하이얀', '파아란', '노오란' 같은 말다듬기를 하고 있을 때 김수영이 「거대한 뿌리」에서 "아이스크림은 미국 놈 좆대강이나 빨아라" 하고 쓴 거예요. 예쁘고 아름다운 말을 써야 한다고 생각한 사람들이 가만히 있었을 리가 없어요. 그래서 촉발된 참여시 논쟁의 일부는 시어 논란에 휩싸입니다.

이런 현상은 지금 남과 북 사이에서도 일어날 수 있어요. 2007년으로 기억됩니다. 광주에서 6.15 남북공동행사를 하는데, 북의 작가도 왔어요. 그 환영 행사에 남측 가수 인순이가 북측가요 '심장에 남는 사람'을 열창하는데 굉장히 감동적이더라고요. 그런데 북측 작가가 제게 귓속말로 심각한 걱정을 해요. 인순이의 이미지에서 미제 문화가 떠오른대요. 북은 역사적으로 미국에게 받은 상처가 아주 크죠? 게다가 결정적으로 무대에서 취하는 동작이 남녀상열지사를 연상시킨다는 거예요. 그는 제게 "김 선생님은 정말 아무렇지 않습니까?" 해놓고는 "저는 이런 걸 보고 가면 민족의 심성이 앞으로 어떻게 될지 걱정스러워서 잠이 안 옵니다." 이래요. 이거 참, 남과 북 사이에도 괴테 시대와 그 이후 시대의 미학적 생태 분계선이 자리해 있는 거예요.

지금 우리는 오래지 않은 과거로부터 아주 먼 곳으로 이동해 와 있습니다. 예전에 부정적인 범주들을 사용할 때는 순전히 유죄 선고를 내리기 위해서였어요. 시뿐만이 아니에요. 예컨대 "파편적인, 혼란스러운, 이미지들의 단순한 뒤범벅, 밤(빛이 아닌), 재치 있는 윤곽 스케치, 흔들거리는 꿈, 변덕스러운 구성(그릴파르츠)" 이런 것은 조선의 수묵화도 철저히 기피했던 항목들입니다. 그런데 이제 전혀 다른 유형의 미의식이 나타나서 오히려 부정적인 범주들을 높이 사되 내용보다 형식의 범주들이 우세한 지위를 점하게 됩니다. 이걸 한 마디로 '모던하다' 말하는데 그 특징이 이래요.

불안, 혼돈, 품격 저하, 얼굴 찌푸림, 예외와 진기함의 지배, 모호함, 격렬한 상상력, 음울함과 흐릿함, 극단적인 대립으로의 분열, 무에 대한 집착.

현대시는 스펙트럼이 하도 넓어서 그 상호 간에 공통점이 없다고 하지만 그렇지 않습니다. 현대시는 신파를 극도로 싫어해요. 또한, 현대인들의 불안과 위기의식을 깔고 있습니다. 문명 속에서 쫓기는 자들이 쓴 시라 할까요? 독일, 프랑스, 스페인, 영국의 현대시가 다 그래요.

방향성 상실, 익숙함의 해체, 상실된 질서, 불일치, 파편주의, 전도 가능성, 나열문체, 탈시화(脫詩化)된 시, 파괴의 섬광, 단절적인 형상, 야수적인 돌발성, 탈구, 난시적 관점, 낯설게 하기, 그리고 마지막으로 한 스페인 시인(다마소 알롱소)의 명제인 지금 이 순간 우리의 예술을 부정적인 개념들로써 명명하는 것 외에는 달리 다른 보조수단이 존재하지 않는다.

그리하여 산문 문체까지도 '~하지 않으면 안 된다'가 일반화됩니다. '~한다'를 '~하지 않으면 안 된다'라고 쓰도록 기질이 바뀌는 거예요. 이렇게 현대시는 긍정적인 범주보다 부정적인 범주들에 의해서 더

정확하게 기술될 수 있고 세계의 실감에 더 가까워질 수 있다고 생각합니다. 현대 문명 안에서 규칙, 규범이라고 하는 것이 대부분 '반생명'의 성격을 띠고 있다고 봤던 거예요. 그에 대한 이유를 보다 명료하게 알려면 이 같은 미의식이 형성된 경로를 살필 필요가 있습니다.

18세기의 서곡 - 루소와 디드로

후고 프리드리히의 『현대시의 구조』는 18세기 후반의 문헌들 속에 현대시의 서곡으로 해석될 수 있는 현상들이 나타난다고 말합니다. 대표적으로 꼽히는 것이 루소와 디드로예요. 루소를 '자연에 도취된 열광자'라고 부르는 말에 다들 익숙하죠? "자연으로 돌아가라." 무슨 뜻인가 하면 '국가'나 '사회조직'의 부속품이 되지 말라는 말인데, 이는 우리 주변에도 흔적이 없지 않은 정신 사조입니다. 가령, 홍대 앞에서 "나는 마이너리티다" 할 때는 소외자, 실패자, 혹은 국외자를 뜻하는 것이 아니라 나는 출세주의자가 아니다를 표방하는 말이에요. 언론에서 법원 · 검찰 출신들이 퇴직한 후에 전관예우를 받거나 고위 공무원에 임명되는 관계망을 만드는 것을 '법피아'라고 부르고, 기획재정부 인사들이 그렇게 하는 것을 마피아에 빗대어 '모피아'라고 말하죠? 학연이나 지연을 기득권 유지에 사용하는 것도 이런 것에 속해요. 여기서 전관예우를 버리라는 말은 지난날의 추억을 버리라는 말이 아니죠? 배호의 노래 '0시의 이별'처럼 관계의 영점에서 출발하라는 말입니다. 한국 전후문학 세대가 '폐허'를 외친 것도 같은 뜻이고, 이사도라 던컨이 '바다의 전망 부재'를 말한 것도 모두 루소가 말한 '자연' 같은 것이에요.

한참 지난 얘기입니다만, 1988년에 올림픽이 있고 나서 1989년에 해외여행이 자유화됐죠? 한국인들이 공간적 속박에서 놓여나자 마구 여행들을 다니면서 버릇처럼 이 나라 국민소득이 얼마인지 묻는 진풍경이 펼쳐집니다. 가난한 나라에 가서 부를 과시하고 싶은 거예요. 이는 인간을 자연의 존재로 보는 것이 아니라 자꾸 문명이나 국가체제의 부속품으로 대하는 태도입니다. 심지어는 서울에서도 "너는 강남이야, 강북이야?"하는 이런 비인간화된 상상력을 깡그리 지워버리는 전복의 자리가 '역사의 영점'이에요. 그런데 여기서 루소의 태도를 견지하기가 쉬운 일은 아닙니다. 역사적인 조건들이 개입하면 허위로 떨어지기 때문에 자폐적인 입장에서 현대적 전통 단절이라는 과격한 입장을 고수하다 보면 자아가 주변 세계와 단절되는 난관을 맞게 됩니다. 까닭에 이 같은 문제의식에서 출발한 현대시가 장차 처하게 될 모습도 루소라는 캐릭터를 닮게 되는지 몰라요.

루소는 굉장히 흥미로운 사람입니다. 교육을 전혀 받지 않고도 교육론을 연구했어요. 대표적인 저술이 『에밀』이잖아요. 그가 상상을 초래할 정도의 열정으로 주장하는 절대적 자아는 자신과 사회 사이의 균열을 초래합니다. 그렇게 되면 자신의 시대와 계속 충돌하죠. 정신병자라는 평을 피할 길이 없게 됩니다. 사실 현대 예술가 태반이 이런 모습을 선택해요. 나는 체제의 부속품이 아니라 다만 인간으로 존재하겠다, 살아 있는 감정을 가진 개체로 살겠다. 이게 소위 '추방된 시인'이에요.

규범적이 되기보다는 차라리 증오를 감수하겠다는 원칙을 세울 수 있을 만큼 자아와 세계 사이의 필연적인 화해 불가능을 굳게 확신하면서 비규범성을 자신의 사명의 담보로 삼는 것. 이는 우리가 다음 세기의 시인들에게서 다시 발견하게 되는 자기 해석의 도식으로서, 베를렌이 그것에 대한 적합한 표현으로 '추방된 시인'이라는 말을 찾아내었던 것이다.

그런데 이렇게 추방되는 게 무슨 의미를 가질까요? 저는 이렇게 생각해요. 몽골의 울란바토르에서 두 시간쯤 가면 '야생마 프로젝트'를 하는 공원이 있습니다. 초원은 옆집이 지평선 안에 들어있지 않기 때문에 걸어서 가려면 하루 종일 걸려요. 유목민은 불가피하게 말을 타야 했습니다. 그러다 보니 광활한 대지의 야생마들이 사라져버립니다. 보이는 족족 가축이 된 거죠. 자연의 개체들이 이렇게 죄다 인간에게 종속되고 나면 생태계가 깨질 수밖에 없습니다. 그러면 인간 사회도 해를 입어요. 그래서 야생마를 되살리는 프로젝트를 가동할 수밖에 없습니다. 이미 인간의 도구가 된 말이 다시 초원으로 돌아가려면 말이 스스로 문명화 과정을 역행해야 합니다. 역사의 영점을 되찾아야죠. 현대시의 프로젝트가 이와 같습니다.

문명의 부속품이 아닌 자연의 한 존재로서의 인간을 사유한 루소가 도달한 자리는 꽤 놀랍습니다. 그의 노년의 저작인 『고독한 산책자의 몽상』에서 루소는 이성으로는 포착할 수 없는 존재의 확실성에 대해 진술하는 데 성공한다.

이성, 합리주의, 논리성만으로는 설명이 되지 않는 어떤 것을 루소가 읽어낸 거예요. 사실, 이런 전복적 사유가 인류사의 궤도를 늘 수정해왔습니다. 르네상스도 그래요. 그전까지 인간이 느끼는 것은 모두 신이 부여한 아름다움이었어요. 그림도 사제를 중심으로 그렸죠. 소재도 신의 뜻에 맞춰서 택했는데 시대가 바뀌자 과감하게 창녀를 그려요. 신의 뜻과 상관없이 존재하는 아름다움, 신의 품이 아니라 인간의 신체 안에 있는 미를 찾아낸 거죠. 그로 인해 우리는 '제도'와 '현실'이 다름을 알게 됩니다.

현대시가 이런 파격의 길을 가게 된 데는 루소의 공적만 있는 게 아니에요. 디드로도 중요한 역할을 합니다. 디드로는 상상력에 독자적인 지위를 부여하고 예술의 천재에게 독보적인 특성이 있음을 발견하는데, 그에 의하면 예술의 천재들은 다른 영역의 천재들과 달리 모순이 많습니다. 그는 이 불가사의하고 어이없는 결함이 오히려 불타오르는 천재의 본질이라고 말해요.

천재는 번쩍거리는 오류들을 주위에 흩뿌린다. (중략) 그의 능력은 발견이라기보다는 훨씬 더 제작에 가까운 것이다. 그러므로 진실과 허위는 더 이상 천재를 구분하는 특징이 아니다.

그러니까 이성적인 것, 과학적인 것이 통제하는 지배 이데올로기의 관념을 예술적 천재들이 깨뜨린다는 겁니다. 그런데 그 비범성이 과

거의 천재들과 다른 상상력에 뿌리를 두고 있어요. 또렷하고 분명하고 명랑하고 명징한 것들이 도전을 받아서 깨지다가 마침내 추상에 도달하는데, 이게 바로 후고 프리드리히가 '불가해함과 매혹'이라고 말한 겁니다. 그리고 『현대시의 구조』는 한 발짝 더 나가요.

> 디드로에게서는 또 다른 특성이 발견되는데, 그것은 당시의 회화에 대한 그의 비평집인 『살롱』에 현저하게 드러나 있다. 그의 비평은 그림의 섬세한 분위기에 대한 예민한 감수성으로 넘치며, 소재와는 별개인 색채와 빛의 법칙들을 완전히 새로운 관점에서 통찰하고 있다.

여기에서 주목되는 것은 디드로의 비평이 어떤 작품의 소재만 놓고 이야기하는 것이 아니라 색채, 빛의 법칙들에 대해서도 이야기한다는 점이에요. 가령, '고추'와 '감'은 각기 다른 특징을 가지고 있습니다. 하나는 맵고 하나는 달잖아요. 그런데 고추도 파랄 때가 있고 감도 파랄 때가 있는가 하면 고추도 빨갈 때가 있고 감도 빨갈 때가 있어요. 그리고 빨간색과 파란색은 전혀 다른 개성을 갖습니다. 그럼 색채도 뭔가 발언을 한 거네요? 색채도 매우 분명한 표현의 하나인데 우리가 잘 못 알아듣는 것은 우리의 인식 체계가 내용적으로, 즉 종자 중심으로 사고하기 때문이에요. 그것을 해체시켜서 색채 중심으로 사고하게 되면 전혀 다른 깨달음을 얻을지 몰라요. 예를 들어서 유럽과 아시아는 인식체계가 다를 때가 많아요. 지금 우리는 서양의 영향을 받아서 서수로 2001년, 2년, 3년이라고 말하지만 옛날 사람들은 소띠, 쥐띠, 돼지띠 해서 소띠가 가지고 있는 특징, 돼지띠가 가지고 있는 특징에 따라 12년 단위로 계열화 시켰단 말이죠. 여기에서 디드로가 현대시에 미친 영향을 유추할 수 있어요. 그는 시에서 음향의 역할이 회화에서 색채의 그것과 같다고 주장합니다. 『현대시의 구조』는 이렇게 설명해요.

둘 사이의 공통점을 '리듬의 마술'이라고 칭했다. 이것은 객관적 엄밀성보다는 시각·청각·상상력에 더 깊이 호소한다. 명료함이란 오히려 해로운 것이기 때문이다.

그리하여 마침내 디드로와 함께 미 개념의 확대가 시작되는데 후고 프리드리히는 그것을 무질서와 혼돈에 대한 심미적 표현 즉, '애매모호함과 직관에 가득 찬 세계'를 생산적으로 해석하는 것이었다고 말합니다.

노발리스, 현대시의 대륙에 이르다

　이렇게 루소와 디드로에게서 영향을 받은 상상력과 시에 대한 새로운 개념들은 독일, 프랑스, 영국의 낭만주의에서 더욱 강화됩니다. 낭만주의의 특징이 뭘까요? 낭만주의는 현실이 불만족스러운 사람들의 양식이라 볼 수 있어요. 그래서 지금 이곳이 아니라 먼 곳, 예컨대 먼 미래나 먼 과거, 혹은 먼 상상 속의 세계를 호출하는데 그게 시적 화자의 주정 토로를 한없이 증폭시켜요. 여기에는 감정의 과잉이 늘어난다는 단점이 있지만 뜻밖에 놀라운 창의성이 없지 않습니다. 철학자이자 시인이며 평론가로 알려진 노발리스가 여기에서 현대시의 출발점을 찾아냈어요. 『현대시의 구조』는 그 점을 지목해 "그는 시의 본질을 비규정성 및 여타 문학과의 무한한 간격에서 본다"고 기술합니다. 여기서 여타 예술이 아니라 여타 문학과의 무한한 간격이라는 표현이 주목할 만하지요? 현대시에 이르면 시와 소설의 거리가 시와 회화 혹은 시와 음악의 거리보다 훨씬 멉니다. 시인들은 산문가들과 달리 상식적으로 서로 다른 것을 막 섞어놓아요. 왜냐면 시는 '일상적인 삶에 대항하는 방법'이라 생각하기 때문입니다.

　말하자면 '시인은 자갈과 같이 단단하고도 순수한 강철이다.' 사물적인 소

재, 정신적인 소재 할 것 없이 시는 이질적인 요소들을 혼합시키며 변이의 인
광을 발하도록 만든다.

그런데 일상적인 삶에 대항하는 방법이라는 말이 조금 어렵죠? 일
상적인 삶이란 쉽게 말해서 몸의 일부가 되어버린 '인식'을 말합니다.
내가 매일 두 번씩 같은 길을 걷는다고 해봐요. 그럼 관성에 의해 길가
에 있는 것들이 뭉텅이로 지워져 나가게 됩니다. 처음 걸을 때에는 나
무가 있고, 거기에서 돋아나는 이파리 사이로 하늘이 보이고, 달이나
구름이 지나가는 것도 다 보여요. 그런데 계속 다니다 보면 무심해지게
됩니다. 풍경이 관습화되면 사물과 현상이 모두 무의식의 세계로 사라
져요. 그래서 '낯설게 하기'를 하는 걸 가리켜 일상적인 삶에 대항하는
방법이라 말한 겁니다. 시가 이렇게 일상의 세계에 끝없이 대항을 하는
방법을 찾다 보니 역시 일상의 인식으로는 볼 수 없는 세계를 노래하게
돼요.

그 상상력은 '모든 형상들을 서로 뒤섞어 놓는' 자유를 누린다. 시는 '예감
과 마술을 그 본질로 하는' 시적 인간들이 견디기 어려운 관습의 세계에 맞서
서 노래하는 저항이다.

현대시가 예감과 마술을 되찾으려 했다는 건 꽤 중요한 덕목일 거
예요. 현대인들은 문명 속의 깊은 곳에 들어앉아 있어서 자신들 앞에

닥쳐오는 미지의 시간들을 잘 느끼지 못합니다. 옛날 사람들은 '도'가 삶의 일부였어요. 이틀 후, 사흘 후의 일기변화 정도는 아무나 그냥 잘 읽었습니다. 현대인들의 주거 지대는 온풍과 냉풍으로 가득 차 있죠? 이동 장소도 실내에서 실내로, 자동차에서 현관으로 옮기는 정도이기 때문에 그 짧은 사이에 추위를 느낄 틈도 없어요. 그래서 추운 날 반팔을 입고 다니면 멋있어 보일 수는 있지만 자연의 움직임, 세계의 움직임과는 동떨어지는 게 사실이에요. 생각해보세요. 아직 도래하지 않은 현실에 대한 예감을 거의 모든 생물이 가지고 있어요. 출항도 하지 않은 배에서 쥐들이 풍랑을 만날까봐 밧줄을 타고 빠져나갑니다. 태풍이나 지진을 잘 읽는 것은 말할 것도 없어요. 가끔 뉴스를 보면 개구리나 메뚜기들이 재앙을 피해 떼로 이동하고 그러잖아요. 현대시도 그런 예감을 되찾고자 몸부림치는 희귀한 인간 행위라고 볼 수 있습니다. 문명이 지워버린 예지능력을 소수의 현대인들이 '시 쓰기'를 통해서 계속 붙들고 있단 말이에요.

이로써 아주 오랜 전통에서 유래하는, 시문학과 마술의 동등한 지위라는 개념이 다시 제기된다. (중략) 마술로부터 노발리스는 주문의 개념을 이끌어낸다. 모든 말은 주문(呪文)이며, 그것이 명명하는 사물을 불러일으키고 사로잡는다.

그러니까 노발리스는 시인들이 현대의 무당이라고 말하고 있는 겁니다. 제가 어느 화장실에서 "말이 씨가 된다는 말은 과학적으로 사실이다"라는 낙서를 본 적이 있어요. '짜증이 나 죽겠다'는 말을 자주 하면 그것이 뇌에 입력되고 스트레스에 관한 호르몬이 분비돼서 실제로 짜증이 난다고 해요. 무당의 언어, 시의 언어도 이런 식으로 세계를 명명해서 붙잡습니다. 이게 현대시가 포착하고자 하는, 놓치지 않으려고 하는, 강화시켜온 것들이에요. 물론 그러다 보니 내용이 좀 어렵게 되죠. 이 때문에 해석을 잘 하는 사람들이 출현해요.

그러한 대가들은 시로부터 더 이상 '정확함', '명료성', '순수성', '완벽성', '질서'와 같은 '저급한' 장르들에게나 붙는 술어들을 기대하지 않는다.

여기서 저급한 장르라는 것은 논리적인 산문을 지목하는 말이에요. 논리적인 글을 왜 저급한 장르라고 했을까요? 『현대시의 구조』는 산문이 "화음, 호음조(好音鳥) 같은 더 상위의 술어"를 모른다고 말합니다. 예컨대, 말에는 뜻만 있는 것이 아니라 울림도 있어요. 또 소리가 전부가 아니라 소리와 소리 사이의 떨림도 있잖아요. 여운 같은 것 말이에요. 여기서 음향과 긴장의 연속 때문에 선택된 시어들을 들여다볼 필요가 있어요. 예를 들어볼게요. 멀리서 종이 울리면 그 소리는 슬퍼, 가슴 아파, 하면서 퍼지는 게 아니죠. 그런데 이게 듣는 이의 마음과 마찰이 되면서 슬픔을 빚어내요. 누가 치는 종소리기에 남의 가슴을 이렇게 아프게 하나. 이래놓고 나중에 알아보면 분명히 슬픔을 가진 사람이 친

종소리임이 드러나요. 현대시가 이런 것들을 자꾸 포착하느라 표현의
영역이 엄청나게 넓어집니다.

'시인은 말을 마치 건반인 것처럼 사용한다.' 시인은 일상 언어로는 전혀
접근할 수 없는 말에 내재한 힘들을 끓어오르게 한다. 이에 말라르메는 '말의
피아노'라는 용어를 사용하게 된다.

노발리스가 "모든 시 작품 속에는 혼돈의 미광(微光)이 가득해야 한
다"라고 말한 이유가 여기에 있습니다. 이런 태도의 모태가 되는 문학
사조로서의 프랑스 낭만주의는 19세기 중엽에 사라졌어요. 하지만 '낭
만주의'의 유행은 다 지나간 뒤에도 후세대에게 정신적인 운명으로 남
아서 계속 이어집니다.

1859년 보들레르는 다음과 같이 말한다. "낭만주의는 천상적이거나 아니
면 악마적인 축복이다. 우리의 영원한 상흔은 거기에서 비롯된 것이다." 이 문
장은 낭만주의가 사라져가면서도 그 후예들에게 낙인을 찍어 주었다는 사실
을 명백하게 말해주고 있다.

이제 우리는 현대시가 형성돼 온 경로를 거의 따라온 것 같습니다.

그로테스크 미학의 출현

프랑스 낭만주의를 거친 이후 현대시는 매우 그로테스크한 지점에 닿게 됩니다. 그로테스크라고 말하면 어려운데 '엽기적인 미학'이라고 하면 쉽죠? 이미 대중문화의 일부가 되었기 때문이에요. 후고 프리드 리히는 이렇게 설명합니다.

> 원래 '그로테스크'는 미술용어 중의 하나였으며, 대개는 황당무계한 모티 프들에서 유래한 장식적인 소용돌이무늬를 지칭했다. 그러나 17세기 이후 그 의미가 확대되어 이제는 모든 영역에 걸쳐 기괴한 것, 익살스러운 것, 뒤틀린 것, 그리고 비범한 것을 포괄하게 되었다.

이를 제가 보충해볼게요. 일본의 오에 겐자부로가 노벨상을 받았 을 때, 그의 공헌은 '그로테스크 미학'에 있었어요. 오에 겐자부로는 인 류 문학사에서 자신의 공적으로 평가된 미의식이 사실은 한국문학에 서 배운 거라고 말합니다. 예컨대 김지하의 「똥바다」 「오적」 등에서 그 는 그로테스크 미학을 읽은 거예요. 일찍이 김지하가 천착한 그로테스 크 미학의 절정이 저는 김지하의 서정시 「고무공」[3]이라고 봅니다. 읽어

3. 김지하, 『타는 목마름으로』, 창작과비평, 1993년

볼게요.

옛사랑이었다

옛사랑의 거치른 숨결의 기억이 빗속으로

돌다리

떠내려오는 고무공

시뻘건 물에 배가 부풀어 죽어 시퍼런

어린애 시체 저 시체

떠내려오는 돌다리 빗속으로 오고

비 맞으며 저기서 기억이 오고

(중략)

벗기고 벗길 수 없는 넋 속에 깊이 마지막

남은 한 오리 수치의 마지막까지 벗기고

와버렸다 비 맞으며 술집에서 잊고

와버려 잊고 있었다

돌다리 아무도 맞지 않는 새벽 빗속의 이 수유리

미친 여울 소리로 우는 어린애 시체 위에 저 시체

아아 저 위에 버틴 내 두 다리 위에

내 일자리 위에 버틴 내 얼굴 위에 개새끼

토해 버린다

창자까지 똥물까지 핏덩이까지 개 같은 새끼

옛, 옛, 옛사랑이었다

거치른 여자의 숨결이 기억 빗속으로 돌다리

떠내려오는 뜀뛰는 작은 고무공

    어떤 장면이냐면, 시골에서 홍수를 겪어본 사람들은 알 거예요. 시골의 다리 위에 서서 홍수가 난 개울을 쳐다보면 시뻘건 황토가 섞인 물이 마구 떠내려 오거든요. 이때 물줄기 위쪽 동네에 있는 집안의 세간들이 같이 떠내려 옵니다. 어떤 경우에는 자전거 바퀴도 떠내려 오고, 지게, 호박, 어떤 때는 살아있는 돼지도 떠내려 와요. 시적 화자는 지금 돌다리 위에서 그걸 바라보고 있어요. 그러다 이상한 걸 발견합니다. 옛날 누나들이 공치기 놀이를 할 때 고무공처럼 뭐가 통통 튀기듯이 떠내려 오는데 가만히 보니 모골이 송연해요. 그러니까 고무공처럼 보이는 게 사실은 아이의 시체인 겁니다. 아직 확실하지는 않아요. 배가 부풀어서 시퍼런 어린애의 시체가 사실적으로 떠내려 온 건지, 착시현상으로 떠내려 온 건지. 다만 비는 계속 오고, 화자는 돌다리 위에 서 있고, 그와 함께 어떤 기억이 막 솟구치는데 옛사랑의 장면들이에요. 화자는 수치스러워서 견딜 수가 없습니다. 언젠가 뜨거웠던 사랑을 팽개치고 뭔가에 떠밀려서 와버렸어요. 그 사랑이 아기를 잉태시켰을지도 모르는데 그냥 도망쳤으니 무책임의 극점에 이른 거죠. 그래놓고는 먹고 살아야 하니까, 바쁘니까 나 몰라라 하고 지내다가 하필 빗속에서 마구 떠밀려오는 기억의 덩어리를 만나 정신이 번쩍 난 겁니다. 스스로 얼마나 혐오감이 드는지 '옛사랑'의 옛 자를 세 번 반복하니까 토하는 느낌이죠. 얼마나 괴기스러운 시인지 저는 이 작품이 그로테스크 리얼리즘의 한 모델 같은 느낌이 듭니다. 그런데 제가 이걸 왜 그로테스크 미학이라 하지 않고 '그로테스크 리얼리즘'이라고 표현하느냐면 「고무공」은 사적인 경험을 술회하는 시가 아니라는 점 때문입니다. 이 시에서 가장 중요한 세 글자는 '수유리'예요. 김지하는 4.19를 몸소 수행한 시인입니다. 그런데 4.19묘소가 수유리에 있어요. 그날의 투사들이 다 어디로 가버리고 자신은 홀로 수배자가 되어서 그곳에 갔다가 새벽 비를 만났어요. 뜨겁게 사랑했고 피를 흘려서 얻은 4.19혁명의 결실을 곱게 거두었어야 하는데, 돌아보니 아무도 책임지는 사람이 없어요. 그 틈에 군사쿠데타가 일어나서 민주주의가 사산 당한 채 목격자도 없는 장소에서 떠내려가고 있습니다. 다시 읽어보세요. 제 해석이 맞는지.

이 그로테스크 미학이 제대로 힘을 발휘한 것은 일본의 미시마 유키오가 죽었을 때입니다. 일반적으로 일본 미학의 정수는 노벨상 작가인 가와바타 야스나리보다 미시마 유키오에게 있다고 평가되고 있었어요. 그런데 그에게 치명적인 문제가 발생하고 말아요. 군국주의 부활을 외치면서 할복자살을 한 겁니다. 이를 보고 한국에서 데뷔한 지 얼마 안 된 시인이 받아쳤어요. 김지하의 시 「아주까리 신풍」의 부제가 "미시마 유키오의 죽음에 부쳐"예요. "별 것 아니여/조선놈 피 먹고 자란/미친 국화꽃이여" 이런 야유가 통렬합니다. 제2차 세계대전 당시 전쟁을 대하는 일본의 태도가 굉장히 비장했어요. 가미가제 특공대는 지금의 자살폭탄 테러보다 더한 전투를 하잖아요. 그럼에도 패전을 합니다. 그 정의롭지 못한 패전과 역시 정의롭지 못한 보상으로 부유해지자 전후 일본 사회의 미감에 이상한 변형이 생겨요. 이를테면 '커피의 뒷맛을 즐기는 사람들의 모임' '비 오는 날 장미 가시에 떨어지는 빗방울을 생각하는 사람들의 모임' 같은 이상한 오타쿠 문화가 퍼지는 겁니다. 세계에 대한 가치지향성을 잃은 채 축소될 대로 축소된 자화상을 보고 일본 우파가 일종의 히스테리를 일으켜요. 미시마 유키오는 그래서 '옛날처럼 공동체를 위해서 장렬하게 몸을 던질 수는 없단 말이냐' 하는 뜻을 보인 게 아닌가 합니다. 이를 김지하가 준열히 꾸짖은 건데, 그 내용이 징그러우면서도 매력이 있어요. 이것이 '추의 미'까지 건드립니다.

추의 미, 이거 참 역설적인 현상입니다. 예쁜 척하는 것 속에는 예쁨이 들어있지 않아요. 옛날에는 예쁜 척으로 예쁨을 연출하는 사례가 많았는데, 어느 순간 사람들이 그게 허구인 걸 알게 됩니다. 그리하여 '예쁘지 않은 것 같은' 모양을 오히려 신뢰하기 때문에 이제 반듯한 것은 일부러라도 흐트러지게 만드는 거예요. 그리하여 결국 '추의 미'에 이르는 것이죠. 겉으로 추해 보이는데 따지고 보면 예쁜 것. 이제 어린이들도 그런 미각이 습득되어 범생이, 공주병, 엄친아 같은 것을 배척해요. 예전의 단정함의 권위가 자칫하면 위선이 되고 허위가 될 지경에 처하는 겁니다.

그로테스크에 대한 그의 이론은 더욱 진전되어 이제 미와 추를 동일시하는 차원으로 힘찬 걸음을 내딛는다.

이렇게 해서 '미의 미' 시대가 끝나버려요. '추'는 아름답지 않아서 미와 대립되는 무엇이 아니라 그냥 그 자체로 다른 것이 되는 거예요. 그것은 예술작품 속에서 불완전성과 부조화로 나타납니다. 그리하여 현대시는 난해시의 심심산중 골짜기에 이르러요. 여기까지 오면 남미에서 꽃 피운 마술적 리얼리즘이 멀지 않습니다. 그리고 이어서 포스트모더니즘의 시대가 열리겠지요.

저는 이즈음에서 단원을 매듭지을까 합니다.

3장

소설가는 무엇으로 사는가

'앎에의 열정'에 사로잡힌 시대

오늘은 소설가가 하는 일을 알아볼게요. 저는 1985년에 시를 써서 문단에 나왔습니다. 1996년부터 소설을 썼는데, 그전까지 소설 공부를 해본 적이 없었어요. 막연히 이문구의 「관촌수필」 같은 것, 황석영의 「삼포 가는 길」 같은 걸 쓸 수 있었으면 좋겠다 싶어서 따라 했죠. 그런 데 쉽지가 않아요. 누구나 소설을 창작할 때는 처음에 명작을 쓰겠다고 야심 차게 덤비지만 한참 낑낑대다 보면 한없이 작아져서 제발 마침표 만 찍었으면 좋겠다는 지점에 이르게 됩니다. 나중에는 인간이 이 힘든 일을 왜 해야 하는지 회의하는 마음까지 들어요. 여기서 오는 권태감을 이기려면 어떤 신념이 필요해집니다. 결국 소설가는 도대체 어떤 일을 하는 사람일까, 소설은 세상 사람들에게 어떤 쓸모를 제공해야 할까 하는 문제를 떠안게 돼 있거든요. 저도 그때 이 책 저 책 뒤지다가 딱 이거 다 싶은 이정표를 만났습니다. 체코 사람 밀란 쿤데라를 알지요? 소설 『참을 수 없는 존재의 가벼움』을 쓴 작가, 이걸 영화화한 것이 〈프라하 의 봄〉이에요. 그가 소설에 대해서 쓴 얇은 책 『소설의 기술』에 「세르 반테스의 절하된 유산」이라는 꼭지가 있습니다. 유럽에서 시작된 근세 소설이 어떤 궤적을 밟는지 살피는 글인데, 여기에 유럽의 정신사에서 소설이 맡았던 역할이 상당히 설득력 있게 나와요. 이제 그 얘기를 할게요.

　근세정신의 아버지를 물으면 흔히 데카르트를 거론합니다. 여기서 '근세'란 가라타니 고진이 '근대'라고 말하고 후고 프리드리히가 '현대'라고 지칭했던 것과 동일한 개념입니다. 저는 이 책 번역자의[4] 뜻을 살려 '근세'라고 할게요. 하여튼, 데카르트 왈 "나는 생각한다. 고로 존재한다." 이 말 멋있죠? 천지에 가득 찬 중생의 하나가 마치 '자연의 주인이자 소유자'임을 선포하는 독트린 같습니다. 그런데 오래지 않아 심각한 문제 제기가 시작됩니다. 사람은 우주의 점 같은 흔적이자 지구의 털 같은 존재잖아요. 그렇다면 우주의 파동과 지구의 숨결에 흔들릴 수밖에 없는데 전혀 그렇지 않은 것처럼 "나는 생각한다. 고로 존재한다." 하는 순간 '내'가 운명을 주관하고 세계를 경영하는 주체가 돼요. 그렇게 되면 은하계 한쪽의 희미한 별에서 자연의 질서에 따르지 않고 대지의 말을 듣지 않는 유아독존적 생명체가 탄생하는 셈이에요. 실제로 근세의 인간이 그렇게 행동했습니다. 오직 자아를 위해서 세계를 임의로 사용하다 보니 자아인식에서 세계로부터의 종속성이 사라져 버리는 현상이 생기고 말아요. 또 그런 상상력으로 구축한 기술과 정치, 역사의 힘들에 의해 종국에는 그들 스스로가 단순한 사물이 돼버려요. 이거 가볍게 지나갈 사안이 아닙니다.

　인문학의 위기라는 말을 들었죠? 이 말이 자그마치 1935년도에 제출되었습니다. 밀란 쿤데라에 의하면 에드문트 후세를이 그 해에 유럽

4. 밀란 쿤데라, 『소설의 기술』, 권오룡 옮김, 책세상, 1995

에서 인문학의 위기를 알리는 유명한 강연을 해요. 물론 이 '유럽'은 지도상에 나오는 몇몇 나라를 의미하는 게 아닙니다. 후세를은 이를 '정신적 유럽'을 가리키는 것으로서 고대 그리스 철학과 함께 탄생하여 지리상의 유럽 바깥에까지 펼쳐져 있는 정신적 동질성을 의미한다고 말해요. 그렇다면 유럽의 바깥에서 정신적 동질성을 누리는 나라가 어디일까요? 먼저 꼽을 곳은 미국이겠죠? '영미문학'이라는 표현이 이미 그 뜻이잖아요. 셰익스피어가 영국인인지 미국인인지 몰라도 상관없어요. 오늘날에는 지구의 태반이 그들처럼 생각하면서 사니까요. 아시아에서도 일찍부터 유럽과 '정신적 동질성'을 누려온 나라가 있습니다. 일본에서 축구 응원을 하면서 '탈아시아'를 외치는 심리적 배경이 여기에 있어요. 김수영 시인은 1960년대 한국의 지성을 '일본을 필터로 삼아서 빨아들인 유럽의 지성'이라고 했는데, 이는 한국도 그런 정신적 동질성을 누리려고 가위 몸부림을 쳤던 예라고 할 수 있습니다. 지금도 유럽에서 나올 책을 서울에서도 미리 검토한다고 해요. 마치 국내 필자의 원고처럼 에이전시가 동향을 살피다가 팔리겠다 싶으면 곧 판권 경쟁에 돌입합니다. 노벨문학상 수상작이 발표되자마자 출간되는 이유가 없지 않지요? 이를 보면 한국 출판사들이 지구촌을 손바닥처럼 들여다보는 것 같지만 러시아어권, 아랍어권에는 속수무책입니다. 그쪽은 아주 중요한 작품도 한국에서 모르는 경우가 허다해요. 한 마디로 유럽과 같이 숨 쉬는 사회라 할 수 있습니다.

하여튼 이 유럽의 정신사를 끌고 온 근본 동력이 어디에 있을까요?

후세를은 그 요체를 '세계를 풀어야 할 의문의 대상으로 생각했다'는데 있다고 봅니다. 세계를 풀어야 할 의문의 대상으로 생각한다! 혹시 이 말을 듣고 생각나는 예술작품이 있으세요? 로댕의 생각하는 사람? 맞아요. 유럽 정신이 헤쳐 온 근세 사백 년을 단 한 장면으로 줄이면 로댕의 '생각하는 사람'이 됩니다. 옛날에 인간은 무기력한 존재이니 자신의 운명을 관장하는 신에게 모든 것을 의존하고 빌었죠. 그때는 검은 구름장을 뚫고 빛이 터져 나오는 하늘을 향해서 두 손 모아 기도하는 것이 바람직한 인간의 모습이었습니다. 우리 자랄 때도 이런 사진액자가 많았는데 어느 시절을 지나면서부터 신 앞에 앉은 인간을 볼 수 없게 됩니다. 대신에 모든 답이 자신의 머릿속에 들어있다고 생각하는 오만한 영혼이 넘치는 거예요. 그런데 이게 난처한 측면이 없지 않습니다. 다음은 밀란 쿤데라의 말이에요.

그것이 세계를 의문의 대상으로 삼은 것은 이러저러한 실제적인 필요를 충족시키기 위해서가 아니라 '앎에의 열정이 사람들을 사로잡았기' 때문이었다.

그러니까 인간이 호기심 때문에 신성한 세계를 '기술적이고 수학적인 개발의 대상'으로 전락시켰다는 건데, 이걸 비판하기는 쉽지만 눈앞의 현실로 맞닥뜨리면 여간 복잡하지 않습니다. 예를 들어볼까요? 몽골에 '보르칸 산'이 있습니다. 자기네 민족의 성지로 여기는 산인데 여성은 오르지 못하게 하는 관습이 있어요. 언젠가는 행사를 주관해야 될 총리가 여성이라는 이유로 산에 오를 수 없었다고 해요. 이런 걸 우리가 '전근대적'이라고 하죠? 자연의 일부를 가리켜 이곳은 어머니 산, 저곳은 아버지 산, 이런 식으로 대지와 인간을 연계해서 범우주적 윤리를 구성하다 보면 인간의 머리로는 납득할 수 없는 관습이 생기기도 하는데, 그래도 신의 뜻인 걸 어쩌랴 하고 따랐던 것이 근세 이전의 세계입니다. 요즘 사람들에게는 안 통하는 얘기죠. 근세 이전의 사람과 근세 이후의 사람은 세계를 대하는 태도가 이렇게 다릅니다. 그게 무슨 문제냐고요? 몽골 사막에 가면 예쁜 돌들이 많아요. 한국 여행자가 줍다가 유목민의 눈에 띄면 난리가 나요. 큰일 날 일이라는 겁니다. 그들이 그러는 데에는 셀 수 없이 많은 이유가 있는데, 편의상 하나만 들자면 대지의 탄생 신화를 언급할 수 있어요. 몽골의 신화는 푸른 하늘이 태초의 바다에 내려왔다가 발 디딜 곳이 없어서 대지를 만들었다고 합니다. 그러니까 푸른 하늘이 머물기 위하여 태초의 바다에서 거북이 한 마리를 꺼내어 거꾸로 엎은 다음 진흙을 뿌렸는데, 이것이 오늘날의 대지가 되었어요. 그렇다면 땅 위에 있는 건 모두 거북이의 '거웃'들이니, 이 거북이가 죽으면 사람이고 짐승이고 나무고 풀이고 다 죽는 거예요. 하지만 근세 이후의 사람들은 돌멩이를 함부로 옮기면 거북이가 병든다는 믿음을 미개하다고 여깁니다. 왜냐? 세계는 신의 뜻으로 만들어진 게 아니라 그냥 객관적으로 존재한다고 보기 때문이에요. 나아가 그들은 과학적 상상력을 발동하여 환경을 지배하고 개조하려 들기까지 합니다. 밀란 쿤데라는 이를 가리켜 '세계를 단순히 기술적이고 수학적인 개발의 대상으로 축소'시켰다고 말하고, 그러한 결과 '대지의 지평으로부터 삶의 구체적인 세계를 제거해버린' 상황이 발생했다고 해요. 그리고 근세 정신사의 위기는 바로 여기에서 시작됐다고 봅니다. 그래서 이렇게 설파하죠.

과학의 도약은 사람들을 전문화된 분야들의 동굴로 몰아넣었다.

과학의 발전이 인간을 전문 영역의 동굴 속으로 유폐시킨 건 맞아요. 근세 이후에는 누군가 아파서 병원에 가도 사람의 몸을 유기체로 보지 않고 분리해서 취급하는 통에 곤란을 겪는 수가 많습니다. 인간의 신체를 안과 밖으로 나누고, 내과를 장기별로 나누고, 나중에는 혈액내과 심장내과 종양내과 거기다 점점 분자 단위로 쪼개요. 이건 내가 페이스북에서 봤는데, 어떤 분이 후두엽 뇌출혈로 시각장애가 와서 안과에 갔더니 의사가 시신경 손상이 보인다고 하더래요. 그래서 신경과를 찾아가서 안과의 검사 결과를 말하자 시신경은 신경과 소관이 아니라 해서, 이번에는 시신경을 다루는 곳을 찾아가니 안과 녹내장 전문의가 관찰한 다음에 이건 전형적인 녹내장 증상과는 달라서 자기로서는 방법이 없다고 하더라는 거예요. 이렇게 근세는 어지간한 일에는 모두가 문외한이 되는 '눈먼 전문가의 시대'가 되고 말았습니다. 걱정되지 않으세요?

지식에 있어 진보하면 할수록 사람들은 자신의 시야에서 세계와 자기 자신의 총체성을 잃어버렸고, 이리하여 후세의 제자인 하이데거가 '존재의 망각'이라는, 멋지면서도 거의 마술적인 표현으로 부른 것 속으로 함몰되었다.

지금 중요한 낱말이 나왔어요. '존재의 망각'. 하이데거는 근세의 가장 치명적인 위기를 바로 이 증상이라고 본 겁니다. 사실, 우리나라에서도 이를 경고하면서 등장했던 시인이 있습니다. 신동엽의 등단작 「이야기하는 쟁기꾼의 대지」는 '존재의 망각'에 대한 염려로 가득 차 있어요.

> 그게 어디 사람이예요 기술자지. (…) 치차업(齒車業) 388호라고 명패까지 붙어 있지 않아요? (…) 저건 꼭두각시구 저건 다리구 저건 계수기고. (…) 저 눈먼 기능자들 한 십만 개 긁어모아다가 가마솥에 쓸어넣구 끓여봐주세요. 혹시 한 사람쯤 둥근 모습이 우러나올지도 모르니까요. (…) 귀족의 발톱에 늘어붙어온 매니큐어를 칠해주고 굽실거리는 전문가.
>
> (신동엽, 「이야기하는 쟁기꾼의 대지」 제6화 중에서)

신동엽은 1959년에 근세문명이 종국에는 손톱 미장 전문가까지 출현시킬 거라고 경고합니다. 이런 경고를 왜 하느냐면 직업의 세분화가 인간을 모두 '눈먼 기능자'로 만들 것이 뻔히 예견됐기 때문이에요. 과연 그의 지적처럼 인간들이, 개구리가 올챙이의 모습을 보고 자신의 어릴 적 모습이었다는 걸 알지 못하는 것처럼 되고 말아요. 그렇게 되면 개구리는 발이 달려 있으니까 지느러미가 있는 것은 자기의 과거가 아닌 줄 알고 더 이상 올챙이를 보호하지 않죠. 심지어는 공격의 대상으로 생각할 수도 있습니다. 보호자가 적이 될 수 있다니! 이게 '존재의 망각' 증상입니다. 그리하여 아비규환을 맞는 세계, 이걸 '인문학의 위기'라고 해요.

'망각된 존재'를 개발하다

  에드문트 후세를이 제기한 유럽 인문정신의 위기와 그의 제자 하이데거가 말한 '존재의 망각' 현상을 밀란 쿤데라는 왜 이토록 진지하게 소개할까요? 바로 여기에 소설이라는 장르의 정체가 숨어 있다고 보았기 때문이에요. 역시 소설가답게 그에 대한 포착도 아주 드라마틱해요. 밀란 쿤데라는 그간 우주의 질서를 관장하고 악으로부터 선을 가르던 신이 대지를 떠나갔던 시대에 돈키호테가 집을 나갔다고 말합니다. 돈키호테가 집을 나갔다는 말은 돈키호테가 거리에 나타났다는 말이기도 하지요? 중세의 기사 복장을 하고 풍차를 향해 돌진하는 사람. 이 앞뒤 없는 인간은 왜 하필 신이 사라진 거리에 나타났는지, 하여튼 그는 돌연 무시무시한 애매성을 간직한 세계를 마주하게 되었어요. 오직 신만이 알았던 세계의 진실을 모래알 같은 개인들이 두서없이 나눠 가졌으니 이제 대지의 질서를 평정하던 '유일한 진리'는 '수많은 상대적인 진실'들로 흩어지고 없습니다. 그래서 돈키호테가 알아볼 수 없이 된 세계, 밀란 쿤데라는 이 난망한 근세가 인간의 실존을 이해하는 데 필요한 또 다른 무엇을 낳게 했다고 봤어요. 그래서 감히 말씀 합니다.

  실제로 나에게 있어 근세의 창시자는 데카르트만이 아니고 세르반테스 또

한 창시자인 것이다.

과격한 주장이죠? 세르반테스를 또 한 사람의 근세의 창시자로 보다니. 이런 견해가 어떻게 도출되었을까요? 그는 근세가 전문화의 동굴에서 존재의 망각에 빠져들고 있을 때 근세의 다른 한편에서 전혀 다른 일이 벌어지고 있었던 사실에 주목한 겁니다.

내가 말하고자 하는 것은, 철학과 과학이 인간의 존재를 망각한 것이 사실이라면, 세르반테스와 더불어 유럽의 위대한 예술이 이룩해낸 것이 이 망각된 존재의 개발이라는 것을 더욱 명확하게 드러내 보인다는 것이다.

그러니까 근세의 과학이 낳은 '존재의 망각' 현상을 예술이 뒤집고 있었다, 유럽 철학조차도 팽개쳐 놓았던 실존적 주제들을 사백 년 동안이나 들춰내어 조명한 것이 유럽의 소설이었다는 겁니다. 여기서 잠깐 짚고 갈 게 있네요. 밀란 쿤데라가 유럽의 정신사에서 소설의 지위를 이렇게 평가한 것이 과연 타당할까 하는 점입니다. 이건 자기가 하는 일을 지나치게 중시하는 소설가의 독선이 아닐까요? 저는 아니라고 봅니다. 이런 인식이 밀란 쿤데라 이전에도 있었거든요. 백낙청의 『서양의 개벽사상가 D.H. 로런스』에 나오는 얘기인데, 로런스는 '장편소설이야말로 이제까지 성취된 인간의 표현형식 중 최상의 것'이라고 주장했어요. 그것도 예술 장르만 비교하면서 꺼낸 말이 아니라 유럽의 정신사에서 가장 중요한 역할을 하는 지성사 전반을 거론하면서 언급한 말이에요. 인용해 볼게요.

　　나는 내 영혼이라거나 몸뚱이라거나 지성이라거나 지능이라거나 두뇌라거나 신경체계라거나 한 무더기의 분비선(分泌腺)이라거나 이런 나의 조각들 중 어떤 하나임을 결단코 단호히 부정한다. 전체는 부분보다 위대하다. 그러므로 살아있는 인간인 나는 나의 영혼, 정신, 신체, 두뇌, 의식, 또는 나의 일부에 불과한 다른 그 무엇보다 위대하다. 나는 인간이요 살아 있다. 나는 살아 있는 인간이며 내 힘닿는 한 살아 있는 인간으로 남으려 한다.

　영혼 · 정신 · 신체 · 두뇌 · 의식, 이게 인간의 존엄을 구성하는 아주 핵심적인 요소들인 건 맞지요? 하지만 로런스는 그 낱낱의 중요성보다 총체로서의 '살아 있음'이 훨씬 중요하다고 생각했어요. 그리고 소설은 바로 그걸 그리는 일이라 본 겁니다.

　　이런 이유로 나는 소설가다. 그리고 소설가인 까닭에 나는 내가 성자, 과학자, 철학자, 시인보다 우월하다고 생각한다. 그들 모두는 살아 있는 인간의 각기 다른 부분의 대가들이지만 그 전체를 결코 포착하지 못한다.

　　　　　　　　　　　　　　　　(로런스, 『장편소설이 중요한 이유』 중)

　로런스에 의하면 성자, 과학자, 철학자, 시인은 각기 살아 있는 인

140

간의 한 '부분'에 달통한 대가들이에요. 왜냐하면 그들은 인간의 '살아 있음'이 중계되는 '이 세계의 영상이고 모델'인 소설처럼 '삶의 세계'를 포착하지 않기 때문입니다. 존재의 번식과 사생활을 지탱하는 영혼의 상하수도, 신체의 분비물처리장 따위를 성자도 철학자도 바라보지 않잖습니까?

다시 밀란 쿤데라 얘기로 돌아오겠습니다. 그는 세르반테스가 데카르트와 함께 근세의 아버지라고 평했던 근거를 아까 '돈키호테' 이야기로 시작했지요? 덧붙이자면 돈키호테는 단지 이성의 안내를 받아 집을 나선 게 아닙니다. 인간은 얼마나 무모한 존재인지, 철없고, 귀엽고, 대책 없이 어리석은지 몰라요. 세르반테스가 여기에 붙인 이름이 '돈키호테'인데, 이 자는 철부지처럼 모든 것을 만져보고 찔러봐야 무서운지 좋은지 혹은 나쁜지 알게 됩니다. 객관세계는 어머니의 품처럼 그를 보호하기 위해서 존재하는 곳이 아니니까요.

지고의 심판관이 부재하는 이 세계는 돌연 무시무시한 애매성 속에서 그 모습을 드러낸다.

이제 인간은 총체를 알 수 없는 '애매한 세계'에서 '서로 모순되는 상대적 진실들의 무더기와 맞서야' 하며 '불확실함의 지혜를 유일한 확실성으로 받아들여야' 합니다. 밀란 쿤데라는 바로 이것이 근세 소설을 탄생시켰다고 해요. 그러니까 더 이상 세계를 안다고도 할 수 없고 모른다고도 할 수 없게 된 데다 모든 인식이 상대성의 자리에 놓였기 때문에 '이 세계의 영상이자 모델'이 필요하게 되었다는 건데, 여기서 유의할 것은 '이 세계의 영상이자 모델'이 세계 자체라는 뜻이지 '세계로부터 추출된 어떤 교훈'이 아니라는 점이에요. 만일 학교에서 돈키호테를 우스꽝스럽고 우매한 바보라고 가르친다면 그건 밀란 쿤데라와 전혀 다른 독해력을 작동한 결과입니다. 밀란 쿤데라는 소설 『돈키호테』에서 정답을 느끼는 것이 아니라 어떤 질문, 즉 신의 속박에서 뛰쳐나온 인간이 던지는 의문부호를 본다고 말해요. 이 또한 소설의 정체에 대한 발언이므로 살펴보겠습니다. 다음은 돈키호테를 선이거나 혹은 악으로 보려는 교훈적 해석을 염두에 둔 말이에요.

이러한 해석들은 소설의 밑바탕에서 질문을 보고자 하는 것이 아니라 정신적 편향을 찾아보려 하는 것이기 때문에 두 가지 다 낡아빠진 것이다. 인간은 선과 악이 구분되는 세계를 원한다. 그것은 인간에게 이해하기에 앞서 심판하고자 하는 타고난, 길들일 수 없는 욕망이 있기 때문이다.

예리하지요? 인간은 수시로 신의 흉내를 내요. 그럴 자격이 있거나 없거나 상관없이 신을 대리하고 싶어 하고, 또 심판의 본능을 발휘하려고 합니다. 종교와 이데올로기는 바로 이 욕망 위에 수립된 성채 같아요. 그렇다면 이를 방비하는 기제가 없어서는 안 되겠지요? 왜냐하면 세계는 '상대성'과 '애매성'으로 가득 차 있기 때문에 인간의 섣부른 확신이 지극히 엉뚱한 결과를 빚어낼 수도 있으니까요. 바로 이곳에서 '존재의 망각' 현상을 뒤흔들어줄 소설의 역할이 호출됩니다. 그리하여 소설은 근세의 시초부터 줄곧, 그리고 충실히 실존의 순간들을 따라다니게 되었어요. 후세를이 서구정신의 요체로 간주한 '앎에의 열정'이 어느덧 소설을 사로잡아 거의 잊힐 뻔한 삶의 세계를 매번 빛 아래로 끌어내는 거죠. 밀란 쿤데라는 그 궤적을 이렇게 그리기 시작해요.

유럽 최초의 소설들은 무한해 보이는 세계를 편력하는 여행의 이야기들이다. 『운명론자 자크』의 첫 장은 길을 가고 있는 두 주인공을 포착하고 있다. 사람들은 그들이 어디서 오는지, 어디로 가는지에 대해 전혀 알지 못한다.

소설의 행로에 대하여

근세문학은 처음에 '모험'에 대한 관심으로 막을 엽니다. 자못 흥미로운 현상이에요. 중세가 끝났을 때 기독교 문명의 요람에 싸여있던 인간들이 돈키호테처럼 뛰쳐나와 시작도 끝도 없는 시·공간을 마구 탐험하기 시작해요. 그 자체로 유럽의 열정을 상징하는 출발이 왜 모험이었을까요? 사실은 먹고 살기가 좋아서였어요. 유럽은 산업혁명을 맞으며 부의 생산량이 두 배, 세 배로 마구 늘어납니다. 삶의 거의 모든 시간을 절대적 노동에 바치던 사람들이 어느 순간 전기, 자동차, 전화 같은 걸 갖게 되니 여가가 생기고 자신감이 넘치죠. 과거에 돛단배가 엎어질까 걱정하던 이들이 험한 대양을 건널 수 있는 기계들도 확보했어요. 그러자 타 대륙에 무엇이 있는지 궁금해져요. 유럽이 아시아와 아프리카에 진출하는 과정은 제국주의적 욕망들이 펼치는 거친 활극 같습니다. 프랑스가 베트남을 정복한 것도 고상한 이유가 있지 않았어요. 기운이 넘치니까 힘자랑을 하느라 자기들끼리 경쟁합니다. 19세기의 조선도 그로 인해 사경을 헤매게 되잖아요. 괜한 비유를 한 것 같습니다만, 유럽의 근세 소설이 이렇게 모험을 화두로 출발한 까닭은 그게 그들이 당면한 실존적 주제였기 때문입니다.

그렇다고 흉볼 일은 아닌지 몰라요. 시차가 있긴 하지만 밀란 쿤데라의 유럽처럼 한국문학도 한때 모험에 도취하거든요. 그러니까 1970년대 박정희 독재가 걸었던 구호가 '조국 근대화'예요. 우리도 선진국처럼 살아보자 해서 새마을운동을 하고 산업화를 추구해요. 그때는 평범한 사람이 국외로 나가려면 뱃사람이 되거나 국제전쟁에 파병돼야 할 만큼 국경을 넘기가 어려웠어요. 그러다 김영삼 때 해외여행 자유화가 선포되고 규제가 풀리죠. 그로 인해 제가 1993년 베트남 기행을 떠날 때 동행한 작가가 열두 명인데, 한국에서 거의 빈곤층 수준이었습니다. 그런데 베트남 호치민 시에서 가장 큰 벤탄 시장에 들어서자 상인들이 셔터를 내렸어요. 우리를 위한 장터가 마련된 셈이니 얼마나 신이 나서 물건을 뒤졌겠습니까? 이거 보여주세요. 저거 열어보세요. 한국의 가난뱅이들이 공간이동 한 번으로 갑자기 최상류층의 소비자들로 바뀌어서 정서 조절이 잘 안 돼요. 놀라운 경험이었죠. 이러고 돌아와서 글을 쓰니 그 얘기가 빠질 수 있나요. 해외여행 자유화 이후 한동안 이방에 대한 소설을 안 쓴 작가가 없다시피 합니다. 소설뿐 아니라 시나 기행에세이도 많아요. 그러다가 1, 2년 지나면 낡은 소재가 되죠. 바깥을 도는 이야기에 독자들이 싫증을 내자 한국소설도 이제 또 다른 곳을 향해 갑니다. 마치 모험기 이후 유럽소설이 그랬던 것처럼 말이에요.

사뮤엘 리처드슨과 더불어 소설은 '내면에서 무엇이 일어나고 있는가'를 검토하기 시작하고 감정의 은밀한 삶을 검토하기 시작한다.

이때의 소설들은 가슴 속에 감춰둔 내상(內傷)을 드러내곤 해요. 독자를 너무 사소한 곳으로 데려간다고 지탄을 받기도 하면서, 예컨대 손톱에 비접 하나 든 일로도 장편소설을 쓸 지경이 됩니다. 한때 너무 호들갑스럽게 모험을 다루더니 어느 순간 그보다 더 호들갑스럽게 내면을 다루는 셈이에요. 그런데 오백 원어치가 아픈데 오만 원어치의 비명을 지른다면 사만 구천오백 원어치는 가짜 비명이 되겠죠? 문화라는 게 이렇습니다. 입맛이 간사하다는 말도 있지만 무엇이 중요한가보다 무엇이 새로운가에 더 민감하다 보니 틈만 나면 흐름이 바뀐다는 것이 유행의 본질입니다. 유럽 소설사에서 내면의 탐구도 그래서 오래가지 않고 또 다른 변신을 시작합니다. 이번에는 거대 담론이에요.

발자크와 더불어 그것은 역사에 뿌리내리는 인간을 발견한다.

밀란 쿤데라는 이를 "디드로 이후 반세기 동안 (…) 멀리 보이는 지평선은 경찰·법률·재정과 범죄의 세계, 군대·국가 등과 같은 사회제도라고 하는 현대식 건물들 배후의 경치들처럼 사라지고 말았다. (…) 그것은 사람들이 역사라고 부르는 기차에 실려져 있었다." 하고 설명합니다. 리얼리즘 문제가 부각된 게 이때인 건 다 아시죠? 그리고 이어서 영혼을 탐험하는 시대가 와서 소위 '유럽의 가장 멋진 환상 가운데 하나인 개인의 대체할 수 없는 독자성이라는 환상이 꽃피는' 시대가 열리는 거죠.

플로베르와 함께 그것은 그때까지 미지의 세계였던 일상의 지평을 탐사한다.

인간의 영혼이 얼마나 미묘하고 기괴한 장소들을 가지고 있는지 아세요? 일상의 권태 속에서는 꿈과 몽상만이 중요성을 갖게 됩니다. 낯선 대륙 못지않게 넓은 영혼의 광야를 내달리던 경향은 또 얼마나 지속될까요? 역시 오래 갈 리가 없어요. 예술의 길에서 한 번 관심과 소재가 달라진 다음에는 어김없이 명작이 나왔다가 다시 식상해지고, 그다음 또다시 그게 반복돼요. 그사이에 출현한 거장 톨스토이는 사람들의 결정과 행위에 얼마나 비합리적인 요소가 많은지를 다룹니다. 그리고,

그것은 또 시간을 탐색한다. 마르셀 프루스트와 더불어 그것은 붙잡을 수 없는 과거의 순간을, 제임스 조이스와는 붙잡을 수 없는 현재의 시간을 탐색하는 것이다. 토마스 만과 더불어서는 시간의 바닥으로부터 유래하여 우리의 발걸음을 원격 조정하는 신화의 역할을 묻는다.

미적인 것들의 가장 큰 특징은 감염된다는 거예요. 그것은 금방 뜻밖의 유행을 만들고 그로 인해 서사가 가는 길이 또 달라집니다. 그럼에도 소설의 길은 결코 고장 난 축음기처럼 트랙을 겉돌지 않고 끝없이 새로운 방향을 찾아가고 있어요. 물론 그 밑바탕에 여러 경향이 공유하는 공통의 대지가 없는 건 아닙니다. 근세의 시초부터 줄곧 근세라는 흐름 속을 부유하는 인간을 충실히 좇고 있는 존재의 기록, 밀란 쿤데

라는 바로 이 족적을 유럽 소설사의 본체라고 말합니다. 그리고 이 족적은 유럽의 과학 못지않게 '앎에의 열정'에 사로잡혀 앞세대의 소설이 밝히지 못한 또 다른 '미지'를 줄기차게 추적해 왔어요. 그렇다면 근세는 데카르트의 뒤를 이어 인간을 끝없이 존재의 망각 현상에 빠트리기만 하는 게 아니라 세르반테스의 뒤를 이어 망각된 영역을 끝없이 되찾아내는 '존재의 발굴'을 감행한 시대가 되기도 합니다. 그런데 저는 여기서 자꾸만 덧붙이고 싶은 내용이 있네요. 그 이야기를 하려면 빛나는 유럽이 아니라 그들의 변방을 차지한 주변부를 살펴야 합니다. 이건 제 얘기예요.

방황하는 '근세'들

　저는 전라도에서도 외진 시골 어느 면 소재지에서 태어났어요. 공교롭게도 네 개의 군이 만나는 장터의 주막에서 살았는데, 앞마당에 왕골돗자리 전이 펼쳐져 돌멩이 하나, 말뚝 하나 없이 깨끗했습니다. 무대가 넓고 하필 새벽 시장이 서는 까닭에 점심 무렵에 파장이 되고 나면 숫제 약장사 굿을 하는 사람들이 앞마당을 차지했어요. 신파유랑극단, 즉 국극단, 나일론극장, 서커스단, 쇼, 영화사 같은 지구촌에서 근세의 격류를 만들어낸 갖가지 떠돌이 집단이 세기의 나그네들처럼 몰려와 우리 집 마당을 쓸고 갔다고 해도 됩니다. 게다가 우리 주막은 숙소는 공짜로 제공하고 밥값만 받는지라 공연이 길어지는 팀은 두어 달씩 묵기도 하고, 또 부엌에 방치된 저를 가족처럼 돌봐주기도 했어요. 그래서 그 시절의 기억들은 지금도 오십 년 너머까지 또렷하기만 합니다. 그중에는 이런 일도 있어요. 한 번은 정체불명의 사람들이 서른 명쯤 몰려와서 몇 달을 지냈는데, 그들은 유랑극을 하는 게 아니라 긴 막대를 들고 다니며 커다란 몸짓 수화를 했어요. 그것이 '측량'이라는 것을 나중에 알았습니다. 마을 사람들에게 토목기사 양반이라 불리던 이분들은 처음에 목이 긴 운동화를 신고 와서 할 일을 마치자 저마다 황토가 묻은 걸 그대로 벗어둔 채로 돌아가더라고요. 그것을 형하고 둘이

리어카에 실어서 동네 개울에다 몇 날을 담갔다가 냇둑에 말렸습니다. 그러고는 이웃들에게 한 켤레씩 주었더니 다들 큰 선물로 생각했어요. 그만큼 귀한 물건이었으니까요. 시간이 흘러 신발이 닳을 무렵이 되자 또다시 수십 명의 장정이 몰려옵니다. 전봇대를 심는 사람들이었어요. 그들이 나누던 얘기들도 귀에 생생해요. 전봇대에서 떨어질 때 머리가 먼저 닿으면 죽기 때문에 무조건 발로 차서 옆으로 떨어지게 해야 된다는 따위들 말예요. 그리고 또다시 흙 묻은 농구화를 벗어놓고 빠져나가자 이번에는 서부의 총잡이들이 걸치는 것 같은 벨트에 각종 드라이버를 꽂은 사람들이 왔어요. 전봇대에서 지붕으로 내려온 전선 공사를 하는 사람들입니다. 그들은 우리 집에 대낮 같은 밤을 선사했는데, 첫 시등(試燈)을 할 때 수백 년 동안 고여 있던 밤의 암흑이 제거되자 온통 난리가 났어요. 호롱불밖에 모르던 산골 사람들이 전등이 켜있는 광경을 구경하러 떼로 몰려와서 밤새 떠들며 좋아했습니다. 그다음에 아스팔트 공사가 시작됐지요. 그리고 또 얼마의 세월이 흘러 불도저 집단이 와서 산이고 들이고 밀고 다니는 거예요. 경지(耕地) 정리였습니다. 저는 이런 경험이 종종 반복될 줄 알았어요. 그런데 이건 하나의 대지가 딱 한 차례밖에는 겪지 않는 일이었습니다. 한 번 지나가면 다시는 오지 않는 근세의 파도를 제가 차례대로 목격한 거예요. 그래서 저는 훗날 어디를 가든 근세의 물결이 밀려드는 광경을 보면 바로 감이 옵니다. 저 뒤에 올 것, 그 뒤에 올 것, 또 그로부터 파생될 걷잡을 수 없는 변화의 물결. 이 근세란 괴물 같아서 아무리 오지에 닿더라도 한 번 움직이면 멈추지 않아요. 그리고 그 자리는 영원히 옛 모습을 찾을 수 없는 문명의 속지(屬地)가 되는 거예요.

저는 밀란 쿤데라의 소설 이야기가 꼭 저희 마을에 들어온 근세 이야기 같았어요. 어쩌면 그것은 모두 제 동네 이야기의 한 토막인지도 모릅니다. 하지만 세상에는 우리 동네만 있는 게 아니잖아요. 인간의 마을은 지상에 지천으로 널려 있으니까요. 그렇다면 인류는 지구의 광범한 영역에서 '비동시적 동시성'의 세계가 펼쳐지는 걸 막을 수 없습니다. 오히려 그것을 열심히 추구해왔죠.

예를 들면 근세는 여러 다른 문명으로 나누어진 인류가 언젠가 하나로 화합하고 그럼으로써 영원한 평화를 찾게 되리라는 꿈을 가꾸어왔다. 오늘날 지구의 역사는 마침내 서로 분리될 수 없는 하나의 전체가 되었다.

여기서 야기되는 근세의 혼란을 흔히 '난개발'이라는 말로 설명합니다. 우리는 지금 그 연장선에서 소설 이야기를 하고 있어요. 돌이켜 보면 파죽지세였던 근세의 격류 위에서 소설 또한 방황하지 않을 수 없었어요. 그럴 수밖에 없는 것이, 우선 한 가지는 근세 소설의 역사가 매우 짧고 한정된 것처럼 보인다는 겁니다. 밀란 쿤데라가 말한 사백 년의 소설사를 지상의 수많은 작가들이 지금도 반복 경험하고 있어요. 제 자신도 그런 적이 있습니다. 몽골에 처음 갔을 때는 초원만 좋더라고요. 낯선 공간이 안겨다주는 사유의 크기, 원초성 같은 것들에 심취하다보니 어느 순간 그 속에서 자란 영혼에 대한 관심이 발생합니다. 유목민의 역사가 어떻게 전승됐고 그들이 어떤 경험을 쌓았으며, 또 어떤 문제로 갈등할 수밖에 없었는지 알고 싶어져요. 그러니까 낯선 공간에 대한 탐색이 끝나자 그들의 역사에 대해 관심을 갖게 된 겁니다. 그리고 이내 그들의 내면에 고인 게 무엇인지, 그것이 세계에 미치는 영향은 어떠한지 말하게 되죠. 이렇게 공간에 대한 관심이 역사를 거쳐 내면의 탐구로, 그 내면에 대한 탐구가 다시 과거와 현재와 미래에 대한 탐구로 이어지는 것입니다. 여기서 생각해볼 문제가 있어요. 만약 유럽에서 한 차례씩 예술의 소재가 됐던 것들이 후발 국가들에서도 차례대로 반복된다면 '유럽소설사가 지구소설사'라 해도 되겠죠? 그러나 전혀 그렇지 않아요. 제가 몽골에 가서 소설『조드』를 쓰면서 고민한 내용을 저의 몽골어 번역자는 죄다 알고 있어요. 아마 일정하게 학습효과가 있었을 거예요. 그러나 저와 번역자는 서로 다른 세계와 맞서 숨 쉬고 있습니다. 예를 들어볼게요. 꽤 오래전에 나온 책인데, 김진경 시인의『삼십 년에 삼백 년을 산 사람은 어떻게 자기 자신일 수 있을까』가 있습니다. 유럽이 삼백 년에 걸쳐서 변화한 것을 우리가 삼십 년 만에 변화하면서 정체성을 잃는다는 글인데, 사실은 우리보다 후발 국가는 이게 더욱 심해서 한국이 삼십 년 동안에 변화한 것을 베트남은 십 년 걸리고, 더 늦게 출발한 몽골은 오 년 안에 따라잡으려 합니다. 이 같은 '압축적 근대화'는 사회적 위험요인을 얼마나 높일까요? 가령, 건물 바닥에 시멘트를 퍼붓고 한 달을 기다려야 될 일을 억지로 말려서 열흘

만에 끝내면 부실공사가 될 것이 자명하겠죠? 삼풍백화점 붕괴사건 같은 게 이미 예정되어 있는 셈입니다. 그렇게 되면 문학적 삼풍백화점이라 할 불량 미학 또한 대폭 양산될 수밖에 없었음을 능히 짐작할 수 있겠죠?

제 어릴 적 경험으로 말하면 한쪽에서 측량하는 동안 다른 쪽에서는 도로포장을 하고, 또 다른 쪽에서는 전기배선을 하면서 경지정리를 하고, 이렇게 동시다발적으로 여러 층위의 일이 병행되다 보면 반드시 순차적으로 진행되어야 할 것이 동시에 엉키거나 혹은 앞에 일어날 일이 뒤에 일어나고 뒤에 일어날 일이 앞에 일어납니다. 저는 근세 인문학의 역사 또한 이 같은 상황에 처했다고 봅니다. 가령 후세를을 공부한 다음에 하이데거를 읽으면 맥락이 쉽게 연결될 텐데, 한국처럼 전쟁을 겪고 '전후'라는 시대 감각 속에서 제2차 세계대전 때 유럽에서 유행된 서적들을 섭렵하다 보면 하이데거를 먼저 접하고 후세를을 나중에 읽는 경우가 흔해요. 그러다 보면 얼마든지 손자가 할아버지가 되고, 할아버지가 손자가 되기도 합니다. 제가 앞에서 유럽소설의 '모험' 이야기를 하면서 굳이 한국의 모험 이야기를 상기한 이유도 여기에 있는데, 이를테면 한국은 1990년대 후반 '내면의 숨결을 담기 시작했다, 문학이 비로소 자아의 문제에 천착하게 됐다' 하면서 이걸 기념비적인 사건이라고 언론에서 대서특필하고 작가들을 조명해요. 유럽 근세를 통해 이미 유통기한을 마친 것을 마치 지구 최초의 미학적 사건인 것처럼 호도하는 문제가 여기서 생겨요. 이게 반복되면 소설의 역사에서 심각한 결손이 발생하지 않을 수 없어요. 밀란 쿤데라는 말합니다.

300년 동안의 여행을 거쳐 돈키호테, 바로 그 자가 측량기사의 모습으로 변장하고서 마을에 돌아온 것은 아닌가? 예전에 그는 스스로 모험을 택해 떠났지만, 이제 성 밑에 있는 이 마을에서의 그에게는 더 이상의 선택의 여지가 없다. 그에게 모험은 '하달'되는 것이다.

얼핏 보면 모든 소설의 행로는 근세의 역사에 대응하는 것처럼 보이지만 사실은 전혀 다른 역설을 증명합니다. 그러니까 저희 마을에 전기가 들어오는 과정에서 최초의 '모험'처럼 보였던 것들이 따지고 보면 '모험'이 아니라 무엇인가로부터 '하달'되었던 것이에요. 결국 소설의 최초의 위대한 주제였던 모험은 300년이 지난 후 그 자신의 패러디로 바뀌고 말았어요. 이렇게 소설의 행로가 패러독스로 포위되는 상황이 되자 여기저기에서 소설의 종말이 논의되기 시작하는 거예요.

소설의 역사 이후의 소설들

　오늘날 식자들이 소설의 종말을 역설하는 것은 전혀 낯선 풍경이 아닙니다. 문명의 발전과 세계시장경제체제의 융성이 새로운 시민들의 문화적 욕구를 충족할 다양한 매체들을 더욱 발전시키기까지 했으니 소설의 비명소리는 더욱 커질 수밖에 없어요. 애초에 밀란 쿤데라가 「세르반테스의 절하된 유산」을 강조한 까닭도 여기에 있습니다. 그는 이렇게 말해요.

　　특히 미래주의자들이나 초현실주의자 같은 거의 모든 전위주의자들이 그러했다. 그들은 소설이 진보의 과정 속에서 전혀 새로운 미래를 위하여, 그리고 기왕에 존재했었던 어떤 것과도 닮지 않은 예술을 위해 사라지게 되리라고 생각했다.

　쉽게 이해가 되지요? 그간 일방 질주를 해온 근세가 새로운 인문학의 위기와 소설의 종언을 부추긴 건 사실이거든요. 선진 문명에 대한 숭배는 단순히 심정만 앞세우는 게 아니라 놀라운 전리품들을 눈앞에 들이대고 있습니다. 그리하여 존재의 망각 현상을 가속화하는 이데올로기들이 소설의 영토를 좀먹어오는 경향을 밀란 쿤데라는 '축소의 흰

개미'에 비유해요. 왜냐? 그것들이 세계의 의미뿐 아니라 작품의 의미까지도 갉아먹기 때문이에요. 그래서 밀란 쿤데라가 경계한, 오늘날의 작가들에게 충분히 위협적인, 상투성의 세계로 인류를 감염시키는 소설의 살해자는 크게 두 가지가 있습니다. 하나는 정치로부터 부가된 것인데, 유토피아를 앞세운 전체주의입니다. 밀란 쿤데라는 스탈린 치하의 위성국가에서 작품검열의 폐해를 직접 경험한 자라 여기에 대한 태도가 특히 단호해요. 사실 어떤 유형의 체제나 제도의 이데올로기가 독재적 힘을 발휘하여 소설을 질식시키는 경우는 많습니다. 저도 한때 사회변혁에서 당성(黨性)의 위력을 옹호한 적이 있지만 이제 와서 생각해보면 체제는 인간의 구체적인 삶이 펼쳐지는 생활의 세계를 마음대로 종합하고 통솔할 수 없어요. 그럼에도 체제적 신념이 강한 자들은 좌우 혹은 종교 이데올로기들로 소설의 정신이 설 자리를 빼앗아버려요. 그곳에서의 소설은 아무리 억울한 상황이 되어도 작가가 사회의 일원인 이상 달아날 길이 없습니다. 물론 반론이 있지요. 하지만 밀란 쿤데라는 타협의 여지를 주지 않아요.

그렇지만 공산주의 국가인 소련에서는 많은 발행부수를 가진 수백 수천 종의 소설이 간행되어 큰 성공을 거두고 있지 않은가? 그렇다. 그러나 이 소설들은 더 이상 존재의 정복을 추구해가지 않는다.

이런 경우가 사회주의에만 있는 건 아닙니다. 자본주의는 훨씬 더

한 폐해를 양산해도 항의하기가 쉽지 않습니다. 딱히 적절한 예는 아니지만 가령, 수학을 쉽게 전하려는 목적으로 소설형식을 차용한 것은 껍데기만 소설이라는 말이에요. 우리는 모두 수학이 학문의 기초이므로 수학교육의 중요성을 강조하는 일에 이견을 달 수 없어요. 또한 여기에 소설을 도구로 사용하려는 생각도 나무랄 수 없어요. 하지만 그 때문에 '근세 소설의 정체'를 왜곡해서는 안 될 거예요. 굳이 말하자면 이는 소설의 형식을 가지고 있는 수학 이야기란 말이에요. 밀란 쿤데라가 이를 소설의 정신에 위배되는 것이라고 말하는 이유는 이 같은 결과가 '소설의 죽음'을 진단하는 예로 사용될 때입니다. 밀란 쿤데라는 이렇게 말해요.

그것들은 아무 것도 발견해내지 않기 때문에 내가 소설의 역사라고 부른 '발견의 계승'에 더 이상 참여하지 않는 것이다. 그것들은 이 역사의 '바깥'에 위치한다. 혹은 '소설의 역사 이후의 소설'들이다.

그는 존재의 발견을 계승해 가지 않는 것은 소설의 형식을 가지고 있더라도 소설사의 궤도를 벗어난 것이라 말합니다. 그럼 소설사의 궤도를 벗어나지 않는 건 어떤 걸까요? 밀란 쿤데라는 첫째, 소설의 정신은 복잡함의 정신이니 늘 사실은 당신이 생각하는 것보다 복잡하다 말해야 하고, 둘째, 소설의 정신은 연속의 정신이니 모든 소설은 자기 시대에 대한 질문이기도 하지만 앞선 작품들에 대한 대답이기도 함을 보여줘야 한다고 해요. 그래서 과감히 단언합니다.

이제껏 알려져 있지 않은 존재의 부분을 찾아내지 않는 소설은 부도덕한 소설이다.

이는 삶의 새로운 측면을 찾아내지 않은 소설은 베껴먹은 것이라는 말이요, 또 존재의 미개척지를 찾아내지 못한 것은 소설이라는 형식을 도용한 오락물에 불과하다는 말이에요.

그리고 밀란 쿤데라가 소설을 갉아먹는 축소의 흰개미로 주목한 또 하나의 위기는 문명사의 진전으로부터 오는 것입니다. 오늘날 지구의 모든 문화와 소설을 수중에 장악한 것은 디지털 문명이 거느리는 매스미디어라 할 수 있어요. 그간 한국문학의 융성을 선도했던 출판사의 한 편집자에게 들은 얘기인데, 작금에 겪는 위기는 경쟁사 때문이 아니라 유튜브 때문에 생겨난 거라고 하대요. 앞에서도 언급했지만 밀란 쿤데라는 매스미디어를 지구의 역사를 통합하는 하수인이라고 말해요. 사실 과학기술의 분발로 한없이 유능해진 매스미디어는 삶의 환희뿐 아니라 소설적 매혹의 영토에 남아있던 소소한 오락적 요소들까지도 앗아갔어요. 그래서 일부의 지식인들이 문자라는 매체의 소멸 가능성을 경고하며 소설의 종말론을 외쳤듯이 다른 기초예술도 여기에 도전을 많이 받습니다. 디지털문명 앞에서 회화는 얼마나 수난을 겪습니까? 하지만 기술이 진전될수록 이들의 역할은 더 중요해지고 있어요. 마치 영화가 발전을 하면 영영 발붙일 자리가 없을 것 같았던 애니메이션이 오히려 그 안에서 더욱 중요해지는 것 같지 않습니까? 소설도 그런 도전을 심각하게 받습니다. 그에 대해 밀란 쿤데라는 이렇게 지적해요. 존재의 망각 현상과 맞서 싸우는 일, 존재를 망각할 수 없게 하는 일, 인간 삶의 새로운 측면을 밝히는 일, 그것은 어떤 경우에도 중단될 수가 없다고 말입니다.

이렇게 유럽 소설사를 더듬다 보니 어느새 밀란 쿤데라가 말하는, 소설가는 무슨 일을 하는 자인지가 밝혀지는 것 같네요. 자, 이제 서둘러 결말을 지어봅시다. 소설이 이렇게 '존재의 망각' 현상이 심화되는 자리에서 거꾸로 존재 안에 숨어 있는 것을 발굴해 낸다는 얘기는 내게 '개미와 베짱이'를 떠올리게 합니다. 개미가 열심히 일하면서 세계를 파괴시키면 베짱이는 그것을 놀면서 탕진해요. 그런데 그 베짱이에 의해서 존재의 세계가 다시 복구됩니다. 개미가 파괴시킨 세계를 베짱이가 복구시키는 역설이라니! 과학과 기업이 열심히 일해서 부를 만들어 내면서 인간 존재의 참모습을 근원적으로 허물어뜨리는데 이것을 아무 생산성이 없이 까먹기만 하는 예술 건달들이 연극을 한다 영화를 한다 문학을 한다 하면서 파괴된 세계를 구원해요. 한쪽에서는 데카르트의 역사가 계속해서 세계를 파괴한다면 다른 한쪽에서는 세르반테스의 역사가 끝없이, '존재의 망각' 현상에 빠지지 않도록 복구시킵니다. 이 두 개가 심화되어온 것이 근세의 역사예요. 그럼 이제 소설가가 무엇으로 밥값을 해야 할지 분명해지죠?

'삶의 세계'는 치명적으로 깜깜해지고 존재는 망각에 빠지게 되는 것이다. 이제 소설의 존재이유가 '삶의 세계'를 영원한 빛 아래 간직하고 우리를 '존재의 망각'으로부터 지키는 것이라 한다면 오늘날 소설의 존재는 그 어느 때보다 더욱 필요한 것이 아니겠는가?

최근 우리 사회는 그것을 융합, 통섭, 복합 이런 것들로 땜질하려고 애를 쓰고 있습니다. 이때 다시 물어야 해요. 작가는 무엇으로 사는가? 그리고 여기에 대한 밀란 쿤데라의 답은 너무나 분명해요. 그것은 곧 '문명의 질주를 방해하는 일을 하면서 산다' 입니다.

지은이 **김 형 수**

1959년 전라남도 함평에서 태어났다. 1985년 《민중시 2》에 시로, 1996년 《문학동네》에 소설로 등단했으며 1988년 《녹두꽃》을 창간하면서 비평 활동을 시작했다. 다양한 장르를 넘나드는 정열적인 작품 활동과 치열한 논쟁을 통한 새로운 담론 생산은 그를 1980년대 민족문학을 이끌어 온 대표적인 시인이자 논객으로 불리게 했다. 시집 『가끔 이렇게 허깨비를 본다』 장편소설 『나의 트로트 시대』 『조드-가난한 성자들 1, 2』 소설집 『이발소에 두고 온 시』 평론집 『흩어진 중심』 외 다수와 『문익환 평전』 『소태산 평전』 고은 시인과의 대담집 『두 세기의 달빛』 『고은 깊은 곳』 작가수업 제1탄 『삶은 언제 예술이 되는가』 등의 저서가 있다.

작가수업 3
작가는 무엇으로 사는가

2021년 3월 22일 초판 1쇄 펴냄

지은이 김형수 | 펴낸이 김재범
편집 강민영, 김지연 | 관리 박수연, 홍희표 | 디자인 다랑어스토리
인쇄 굿에그커뮤니케이션 | 종이 한솔PNS
펴낸곳 (주)아시아 | 출판등록 2006년 1월 27일 | 등록번호 제406-2006-000004호
전화 031-955-7958 | 팩스 031-955-7956
주소 경기도 파주시 회동길 445
이메일 bookasia@hanmail.net
홈페이지 www.bookasia.org
페이스북 www.facebook.com/asiapublishers

ISBN 979-11-5662-531-5 04800
    979-11-5662-165-2 (세트)